백치는 대기를 느낀다
서대경 시집

문학동네시인선 024 서대경
백치는 대기를 느낀다

시인의 말

나는 내가 없는 곳으로 갈 것이다.

2012년 여름
서대경

차례

1부
소박한 삶

일요일

눈이 내리고 있었다
목욕탕 앞이었다
이발소 의자에 앉아 있었다
거울 앞에 앉아 있었다

영 슈퍼 간판 아래
한 여인이 비눗갑을 손에 든 채
송곳니를 드러내며 웃고 있었다
나는 이발소 거울 앞에 앉아
그녀의 섰은 머리를 바라보았다

눈이 내리고 있었다
면도칼이 나의 뒷덜미를 슥슥슥슥 긁을 때
하얀 와이셔츠 자락이 내 뒤에서
유령처럼 춤추고 있었다

전국 노래자랑이 시작되고 있었다
오후 미사가 시작되고 있었다
눈이 내리고 있었다

허공으로
상어 떼가
지나가고 있었다

소박한 삶

아름다운 그녀는 자전거를 탄다 바람이 불면 셔츠 자락이 펄럭인다 그녀는 텅 빈 도로를 달린다 가끔 소방차도 달린다 선명하게 붉은 사이렌이 그녀의 자전거를 스친다 아지랑이가 두 갈래로 갈라졌다가 그녀의 뒤에서 천천히 합쳐진다 텅 빈 도로 끝에서 서정적인 화재가 발생했다 서정적인 사건들이 신문에 났다 햇빛 때문이라고 말했다 불은 투명하고 작고 고요했다 솜털이 나 있고 매끄러웠으며 얼음처럼 차가웠다 소방관이 말했다 아름다운 그녀는 자전거를 타고 일터로 간다 목욕탕 굴뚝에서 사는 사내가 그녀에게 인사한다 그녀가 눈부신 미소를 지으며 사내를 올려다본다 사내에게 말한다 화재가 발생했어요! 페달을 밟는 발이 빛난다 하얀 치마 속 종아리가 투명하게 빛난다 사내는 멀어져가는 자전거에 대고 소리친다 투명하고 작고 고요한 불이에요! 사내는 소리친다, 멀어져가는 그녀에게 소리친다 얼음처럼 차가운 불이래요!

정어리

비 그친 여름날의 정오 바람이 흰 새가 되어 펄럭였다 가로수 가지마다 흰 새들이 내려앉았고 그 수가 점점 늘어났다 하늘은 넓고 푸르게 펼쳐져 있었고 거리엔 정어리가 가득 떨어져 있었다 나는 이러한 상황에서 어찌해야 할 바를 몰라 벤치에 앉아 있었다

한 아리따운 아가씨가 내 옆에 앉았다 그녀가 내게 말을 걸었는데 그녀가 말하길 도시가 텅텅 비었으며 지금 이 도시엔 그녀와 나뿐이라는 것이다 바람이 자꾸만 새가 되는 것은 내가 꿈을 꾸고 있기 때문인데 자신의 꿈속으로도 이런 흰 새들을 들여놓고 싶으며 그런 의미에서 내 도움이 필요하다고 했다 그렇지만 당신의 꿈속으로 들어가기 위해서는 일단 내 꿈 밖으로 나가야 하는데 내가 내 꿈 밖으로 나가게 되면 당신을 꿈꿀 수가 없으므로 낭패가 아닌가요 하고 내가 말했다 그녀는 말하길 확실한 것은 나와 그녀는 꿈을 꾸고 있으며 (여기서 그녀는 잠시 머뭇거렸는데) 사실 나는 그녀가 꾸는 꿈속의 꿈이라는 것이다 그녀는 미안하다는 말을 잊지는 않았지만 나는 조금 기분이 상했는데 왜냐하면 그녀의 어투에는 얼마간의 정어리적인 기질이 들어 있었고 그것은 내가 어렴풋이 의식하고 있었던, 그리고 마침내 어젯밤 일기장에 적어놓았던 나의 강박적 증상에 대한 나름의 진단과 형상에 일치했기 때문이다 그래서 나는 비통한 기분으로 말없이 그녀를 따라 그녀의 침실에 도착했다

침실 안은 정어리로 가득했고 그녀가 커튼을 열어젖히자 정오의 햇살을 받은 정어리들이 신선하고 차가운 푸른색을 발하며 빛났다 그것은 어떤 낯선 영원의 형상처럼 느껴졌고 나는 황홀해져서 그녀에 대한 우울한 심사를 잊게 되었으며 그녀를 정어리 위로 눕힌 다음 그녀의 입술에 키스했다 이것 봐요, 새가 날아와요 그녀의 크고 깊은 눈 속 저 밑바닥에서 희고 보드라운 새들이 날아오고 있었다 그녀의 꿈이 더욱 거대해지기 전에 나는 내 꿈속의 그녀의 꿈에 일정한 법도와 절차를 부여했어야 했는데 그것이 쉽게 되지 않았으므로 차츰 침실과 정어리와 햇살과 나의 꿈은 사라져갔고 대신 그녀의 눈과 그녀의 숨결과 그녀의 피와 그녀의 깊은 눈 속 저 너머에서 물결치듯 아득히 몰려오는 하얀 새들만이 사방을 가득 채우기 시작했다……

집결

부대 집결을 알리는 두번째 사이렌이 울렸을 때 나는 군
복 차림으로 침대 모서리에 앉아 있었다. 아버지는 거실 소
파에 비스듬히 누워 맥주를 마시며 티브이를 보고 있었다.
화면 하단으로 전쟁이 터졌다는 속보 자막이 지나가고 있었
다. 친구에게 전화를 걸었다. 소속 부대로 가려면 몇 번 버
스를 타야 하느냐고 물었지만 그는 자기는 버스를 세 번이
나 갈아타야 한다며 투덜대기만 했다. 통지서를 들여다봐도
가는 길을 알 수 없었다. 어머니가 지하실에서 총을 꺼내왔
다. 이건 아버지 총이잖아요, 나는 아버지의 녹슨 카빈소총
을 내던지며 소리를 질렀다. 어머니는 부대 앞에서 파니까
그냥 가라고 짜증을 냈다.

버스 정류장 앞에서 친구를 만났다. 그는 빨리 가서 뭐하
냐며 나를 어느 지하 술집으로 이끌었다. 술집 안은 군복을
입은 사내들로 가득했고 홀 중앙에 설치되어 있는 대형 티
브이에서는 흡혈귀가 등장하는 흑백영화가 나오고 있었다.
부대 가는 길을 몰라 초조했지만 창피해서 물어볼 수 없었
다. 친구는 다른 사내들과 어울려 포커를 치기 시작했다.
술집 문이 열리더니 화생방 전투 보호구를 착용한 동사무
소 직원들이 들어왔다. 그들은 호루라기를 불면서 어서 부
대로 집결하라고 고함을 질러댔다. 술집 안의 사내들은 낄
낄거리며 들은 척도 하지 않았다. 나는 해골처럼 생긴 가스
마스크를 쓰고 서류 뭉치를 들고 있던 한 직원에게 다가가
부대로 찾아가는 길을 물었다. 그는 소속 부대를 묻더니 따

라오라며 술집 바닥의 해치를 열고 지하로 난 계단을 내려
가기 시작했다.

한참을 내려가자 붉은 네온사인이 번쩍거리는 사창가가
나타났다. 길 양편으로 쇼윈도가 늘어서 있었고 그 안에 속
옷 차림의 젊은 여인들이 앉아 있었다. 여자들이 놀다 가라
며 우리의 팔을 붙잡았다. 동사무소 직원이 양팔에 여자를
낀 채 한 건물 안으로 들어섰다. 실내는 어두웠고 뿌연 연기
로 가득했다. 나는 말없이 소파에 앉아 동사무소 직원이 해
골 마스크를 그대로 쓴 채 여자의 가슴을 주물러대는 모습
을 바라보았다. 이제부터는 혼자 가시오. 해골 마스크가 손
가락으로 건너편 화장실 쪽을 가리켜 보였다. 마스크 유리
판 위로 붉은 조명이 혀처럼 날름거리며 타오르고 있었다.
나는 화장실 바닥의 해치를 열고 내려갔다.

어두운 통로를 더듬거리며 걸어갔다. 내 앞으로 허겁지겁
달려가는 사내들의 그림자가 하나둘 보이기 시작했다. 나는
걸음을 빨리했다. 주차장으로 보이는 거대한 광장이 나타났
다. 흐린 불빛 아래 군복을 입은 수많은 사내들이 종대로 앉
아 있는 게 보였다. 그 앞에 독수리 모자를 쓴 조교들이 허
리에 손을 얹고 쌍욕을 퍼붓고 있었다. 나는 맨 뒷줄에 가
서 앉았다. 조교들은 호루라기를 불며 동작이 굼뜬 사내들
을 군홧발로 짓이겼다. 내 옆에 앉아 있던 고등학생 정도로
보이는 사내가 조그맣게 흐느끼기 시작했다. 나는 총을 사
오지 못했다는 생각에 식은땀이 흘렀다. 우리는 철모를 쓰

고 실탄을 인계받았다. 사내들을 태운 군용 트럭이 어둠 속
으로 쉴 새 없이 떠나가고 있었다.

흡혈귀

흑백의 나무가
얼어붙은 길 사이로
펄럭인다

박쥐 같은 기억이 허공을 난다
모조리 다 헤맨
기억이 박쥐로 태어났다

나는 인간의 피를 먹지 않는다
내가 두 손가락을 입에 대고
휘파람을 불면

박쥐가 내 어깨에
내려앉기
까지 한다

파일럿

　그는 거대한 로봇의 이마 정중앙에 위치한 조종석에 앉아
있었다. 조종간 위쪽에 달린 유리창을 통해 부슬비가 내리
는 바깥 풍경이 내다보였다. 로봇은 배터리가 나가 있었다.
로봇은 한쪽 무릎을 꿇고 다른 쪽 다리를 지면에 붙인 상태
로 두 팔을 공중에 치켜들고 비행 자세를 취했었다. 그러나
그때 전력 공급이 중단되었고 로봇은 팔을 치켜든 채 더이
상 움직이지 않았다 뿌연 안개가 스멀거리는 대지 위로 부
슬비가 내리고 있었다. 그는 입에 담배를 물고 조종간 핸들
위로 두 다리를 걸친 채 창밖을 바라본다. 그는 지구의 평화
를 지키는 로봇 부대의 파일럿이라면 대체로 그러하듯이 스
물을 넘기지 않은, 눈이 크고 윤기가 흐르는 생머리를 가진
그런 부류의 미소년은 아니었다. 그는 아랫배가 처져 있었
고 면도를 하지 않은 얼굴에는 여드름이 뒤덮여 있었다. 조
종석 바닥에는 축축한 정액이 묻은 휴지 뭉치가 뒹굴었다.
　그는 지네의 형상을 한 적군의 기갑 군단과의 교전중에 낙
오되었다. 적군은 점액질로 된 독극물을 사방에 뿌려대었었
다. 그것은 신형이었고 놀라운 마력을 자랑하는 엔진을 달
고 있었다. 그는 지네 다리에 칭칭 감긴 채로 교성을 지르던
그녀의 표정을 생각한다. 정확히 말하면 그녀가 타고 있던
로봇이 지네 다리에 감긴 것이지만. 그러나 그녀는 소리를
질렀었다. 그녀의 팔이, 정확히 말하면 그녀가 조종하던 로
봇의 팔이 지네 형상인 그것의 머리를 향해 조준되었고 주
먹이 발사되었었다. 그는 그녀의 교성을 생각한다. 마이크

를 통해 전해오던 그녀의 젖은 음성을 생각한다. 미사일 버
튼을 필사적으로 쾅쾅 내리치면서, 그녀가 내뿜던 거친 숨
소리를 생각한다. 그는 냉장고에서 맥주 캔을 하나 꺼내어
딴다. 그는 의자를 비스듬히 뒤로 눕힌 다음 맥주를 한 모
금 마신다. 그녀는 적군의 포로가 되어 있을 것이었다. 요즘
도 그녀는 타이즈 바지를 입고 새벽 조깅을 할까? 그는 몸
을 둥글게 웅크린다. 부슬비가 조종석 유리창 위로 가늘게
부서져내리고 있었다.

닌자

검은 복면의 사내가 나의 머리를 허리춤에 매달고 달빛 깔린 기와지붕 위를 달려가고 있었다. 나는 나의 머리를 필요로 하는 자가 누군지 궁금했다. 억울하고 기가 막혀서 욕조차 나오지 않았다. 이봐. 대체 누가 날 죽이라고 했소? 복면의 사내는 말없이 처마를 타넘었다.

그는 놀랍도록 빨리 달렸고 내 몸은 그의 허리에 매달려 대롱거리는 내 머리의 낭패한 듯한 시선을 받으면서 죽어라 뒤쫓아갔다. 머리가 없어서 그런지 균형이 안 잡혀 비틀거렸다. 나는 내 머리를 쫓아오는 내 몸을 멀뚱멀뚱 쳐다볼 수밖에 없었다. 허공에 뜨는 느낌이 들어 아래를 내려다보면 달빛 깔린 골목이 눈부셨다. 복면의 사내는 힘에 부치는지 점점 더 가쁜 숨을 내쉬고 있었다. 제기랄. 조금만 더 빨리. 내 머리가 내게 소리를 질러댔다.

나는 알 수가 없었다. 내 머리가 분명한데…… 이런 머리가…… 이런 머리로는…… 그러나 유감스럽게도 나는 내 머리를 똑똑히 볼 수 있는 입장이 아니었다. 사내는 달리고 달빛은 새파랗게 내리고…… 이런 머리가…… 이런 머리로는…… 하고 내 머리는 중얼거렸다.

나는 내 몸보다 사내가 내 몸 같아서 그의 몸이 기우뚱할 때 어어 조심해 놀란 소리를 내고 말았지만 머지않아 귓가

를 휙휙 지나가는 바람과 바람에 실려오는 벚꽃 향기에 잠
잠히 취해버렸다. 내 몸은 비틀대면서도 용케 사내를 따라
지붕을 타넘었다. 타넘고…… 타넘고…… 타넘고…… 그
러다 갑자기 사내가 지붕 끝에서 내 몸을 향해 홱 돌아섰다.
제기랄! 죽은 놈이 죽어라 쫓아오면 어쩌란 거야! 사내는
버럭 소리를 내지르며 거대한 벚꽃나무 숲 아래로 몸을 날
렸고 나는 허공에 휩싸이는 내 머리의 아득하고 환한 외마
디 속에서 그만 정신을 잃었다.

그것이 중요하다

아마추어 화가인 A는 어느 흐린 겨울 저녁 카페에 앉아 있었다. 벙거지를 쓴 채 파이프 담배를 피우며 그는 지난밤 꿈속에서 보았던 압둘 키리한의 그림을 생각했다. 눈이 퍼붓는 사막을 배경으로 외눈박이 거인이 서 있는 그런 그림이었다. 화폭의 반 이상을 차지하는 퀭한 외눈은 깊게 패어 있었고 웅웅거리고 있었으며 무언가 키리한적인…… 그렇다 그것은 키리한적인 화풍을 결정적으로 배반한다는 점에서 지극히 키리한적이었다. 요컨대 「지극히 키리한적이며 반키리한적인 그림이었네」라고 A는 눈을 가늘게 하면서 앞에 앉아 있는 여인에게 말했다.

「아아.」 기미가 많고 창백한 안색의 그녀는 아마추어 화가인 A에게 말했다. 「아마도 드로나 파르바적인, 혹은, 화이트 홀딩바움적인 그림이겠군요.」

「J양, 그렇지가 않아요.」 그는 테이블 위에 놓인 메모지에 둥근 원을 그렸고 그 위로 수많은 선을 더하여 윤곽선을 짙게 만들면서 엄격한 어조를 띠어가며 대답했다. 「무엇보다 그 그림은 반인간적인 눈알의 미덕을 보여줍니다. 눈알. 눈이 아니고 눈알이지. 그게 중요한 거야. 그렇지 않아요? 사막에 눈이 퍼붓고 거인은 홀로 서 있어요. 거대한 눈알을 향해 온몸이 집중된 채로. 그리고 웅웅거리는 거예요. J양. 눈알이. 무엇보다 그 눈알이. 그렇지 않아요?」

그녀는 고개를 숙이고 눈동자를 불안스럽게 이리저리 굴리며 찻잔을 두 손으로 감싸쥐었다. 「나를 발가벗기는 동안 그 눈은 움직이지 않았어요. 그 눈은 나를 내려다보고 있었어요. 그 눈이. 나는 거부했어요. 나는 소리치고 거부했어요. 하지만 그 눈이. 그 눈. 그 눈은 나를 내려다봤어요. 그 눈은 움직이지 않았어요.」

그러나 A는 그녀의 더듬거리는 말에 귀 기울이지 않았다. 그는 다만 그의 꿈속에 존재하는 압둘 키리한이 그려내는 그림들에 대해 생각하고 있었다. 키리한적인, 혹은 지극히 반키리한적인 키리한의 그림들을. 그것은 그를 황홀하게 했다. 그는 눈을 가늘게 뜨고 말했다. 「그는 천재지. 그게 중요한 거야. 그는 모든 걸 꿰뚫어보는 거대한 눈알을 그려냈어요. 그 시선. 허공의 털로 뒤덮여 있는 그 검은 구멍. 그게 중요한 거라네. 자네도 알다시피, 그게 중요해. 반키리한적인, 그러면서도 모든 게 키리한적인.」

그는 여기서 말을 멈추어야 했는데 왜냐하면 그는 J양의 눈이 천천히 고정되면서 검은 눈동자가 점점 더 크고 단단해지는 걸 느꼈기 때문이다. 두 개의 외눈박이 눈이 그녀의 얼굴에 박혀 있었다. 그것들은 웅웅거렸고 A의 눈을 바라보고 있었다. 정적이 흘렀다. 어둡게 번들거리는 유리창 위로 그와 그녀의 옆모습이 비쳤다. A는 말없이 파이프에 새 담배를 재어넣었다. 그리고 눈을 가늘게 뜨고서 한 모금을 천천히 그리고 깊게 빨아들였다.

요나

황사가 불어오는 늦은 오후였다 탁자 위 술병이 정적 속에서 천천히 쓰러지고 있었다 친구들은 모두 잠들어 있었다 덜컹거리는 하숙방 창문 너머로 뿌연 햇살이 너울거렸다 구석에 쌓아둔 책 무더기가 무너져내렸다 덜컹거리는 소리가 들리더니 책 밑에 깔려 있던 판자가 들어올려지며 낯선 여인의 얼굴이 나타났다

「밑에는 모래로 가득해. 망할 놈의 모래가 계속 쏟아진다고」 그녀는 한 손으로 머리의 모래를 털고 다른 한 손으로는 자신의 기슴을 쓰다듬으며 중얼거렸다 나는 술 취한 눈을 부비며 그녀의 벌거벗은 몸을 바라보았다. 모래 가루가 그녀의 흰 어깨 위로 반짝였다 「J는 잠들었으니까 당신이 같이 가」 그녀가 내 손을 잡는 순간 모래바람 소리가 귓가를 아득히 채우기 시작했다 나는 하숙방 주인인 J에 대해 알 수 없는 질투를 느꼈다 「당신은 J의 애인이지?」 그녀의 킥킥거리는 웃음소리와 함께 나는 뱀처럼 내 몸을 감는 그녀의 따스한 살을 느끼며 바닥의 구멍 속으로 빠져들어갔다

쏟아져내리는 모래 때문에 눈을 뜰 수가 없었다 모래는 눈부시게 반짝이고 있었다 모래는 그녀의 살이었다 반짝이는 모래가 그녀의 눈에서 흘러나왔다 「요나」 그녀가 속삭였다 「내 이름은 요나야」 나는 떨어져내리고 있었다 모래바람에 휩싸인 세상이 내려다보였다 내 방과 내가 사는 동네의 골

목들이 내려다보였다「모두가 잠들어 있어. 모두가 나를 알고 있어. 모두가 요나, 요나, 요나야」그녀의 웃음소리가 멀어져갔다 나는 눈을 떴다 나는 태아처럼 몸을 웅크린 채 중학교 운동장 한복판에 누워 있었다 햇살이 기울고 있었다

사랑

머릿속에서 검은 피아노가 울릴 때

찻잔을 사이에 두고

너를 내 앞에 두고

머릿속에서 검은 피아노가 울릴 때

눈부신 햇살이 의자에

손목에

너의 눈에 들이칠 때

너는 지금 흐르는 음악이 뭐냐고 묻고

나는 하버마스의 관점에서 바라본 가다머의 해석학에 대해 얘기하고

너는 나의 귀를 비틀고

나는 계속해서 가다머의 입장에서 바라본 딜타이에 대해 얘기하고

너는 내 눈 속의 비명을 바라보고

나는 딜타이에 의한 칸트를 얘기하고

너는 나를 껴안는다

너의 품속에서

거칠게 숨 쉬며

나는 내 머릿속에 울리는 검은 소리에 귀 기울인다

경계

손을 벌리면 정적이 와 가만히 머문다 고요히 터지는 빛
속에서 너는 티브이를 켜고 화면 속에선 마라토너가 눈부신
빛 속을 달리고 있다 소리가 들리지 않는다 너는 커다란 창
을 열어 바깥의 중력을 내게 보인다 자디잔 은빛 실처럼 허
공으로 쏟아지는 힘은 깨끗하다 이제 무얼 할까 나는 눈을
감았다 뜬다 우선 이 둥근 방을 나가야지 당신과 함께 산책
하러 갈 거야 하지만 내가 눈을 뜨면 당신은 사라질 텐데 이
방은 내가 불러들인 잠 바깥은 어둠에 싸인 침대와 자명종
창밖으로 비가 내리고 있다 너는 내 옆에 앉는다 너는 미소
짓고 있는 것 같다 가끔씩 자명종 시계의 초침 소리가 들려
온다 아직 십오 분이 남았어 나는 햇살 속에서 부신 눈을 찡
그리며 꿈 밖의 나를 훔쳐본다 꿈 밖에선 아직 비가 내리고
있다 너는 리모컨을 들어 볼륨을 높인다 어쩐지 화면이 점
점 더 하얗게 윤곽을 지운다 빛으로 가득 찬 배경을 클로즈
업된 마라토너가 달린다 길이 하얗게 폭발한다 창을 닫아
야 해요 너의 속삭임이 잠시 빗소리에 섞여든다 창틈으로
빗물이 들이칠 것이다 책이 젖으리라 나는 탁자에 손을 얹
은 채 담배를 피운다 하지만 저 사내는 흐느끼고 있군 출근
해야 하는 새벽에 침대 위에 엉망으로 사지를 우그린 채 너
는 말이 없다 우리는 자명종 시계를 바라본다 햇빛이 마른
정적의 마룻바닥을 긁어댄다 내게 사랑한다고 말해줘 당신
은 아무것도 기억하지 못해요 이 방을 나서면 당신도 우리
의 방도 모두 사라져요 마라토너가 달린다 마라토너가 점점

더 하얗게 빛나는 화면 속을 달린다 너는 달린다 너는 미소
지으며 긴 손가락으로 나의 이마를 톡톡 친다 창문을 닫아
요 목욕물을 준비해요 길이 폭발한다 너가 웃고 있다 나도
웃으며 웃으며 탁자 위로 얹은 손을 들어올린다 자명종 시
계를 움켜쥔다 너는 웃는다 마라토너가 달린다 길의 옆구리
로 은빛 물이 배어나온다 움켜쥔 시계의 유리판을 바라본다
나는 웃는다 너는 달린다 너는 웃는다 너는 비명을 지른다
나는 시계의 알람 버튼을 누른다 어두운 방, 머리맡으로 빗
물이 들이치고 있다

가을밤

　어느 가을밤 나는 술집 화장실에서 원숭이를 토했다 차디
찬 두 개의 손이 내 안에서 내 입을 벌렸고 그것은 곧 타일
바닥에 무거운 소리를 내며 떨어져내렸다 그것은 형광등 불
빛을 받아 검게 번들거렸고 세면대 아래 배수관 기둥을 붙
잡더니 거울이 부착된 벽면 위로 재빠르게 기어올라갔다 나
는 술 깬 눈으로 온몸이 짧은 잿빛 털로 뒤덮이고 피처럼 붉
은 눈을 가진 그 작은 짐승의 겁먹은 표정을 바라보았다 나
는 외투 속에 원숭이를 품었다 그것은 꼬리를 감고 외투 속
주머니 안에 얼굴을 파묻은 채 가늘게 몸을 떨었다

　내 잔에 술을 채우던 사내가 놀란 눈으로 어디서 난 원숭
이냐고 물었다 「구역질이 나서 토했더니 이 녀석이 나왔네」
나는 잘게 자른 오징어 조각을 원숭이의 손에 쥐여주었다
옆자리에 앉은 사내가 의미심장한 표정으로 천천히 고개를
끄덕였다 「가여운 짐승이군. 자네도 알다시피 그놈은 자네
의 억압된 무의식의 외화된 형체일세」 「그렇겠지」 우리는
오징어 조각을 물어뜯고 있는 원숭이의 작은 주둥이 사이로
언뜻언뜻 드러나는 날카로운 송곳니를 말없이 지켜보았다
「저 이빨 좀 보게. 그리고 저 피처럼 붉은 눈을 보게. 겁먹
은 듯 보이지만 저놈의 본성은 교활하고 잔인하지」 내게 술
을 따르던 사내가 경멸 어린 표정으로 속삭였다 「물론 자네
를 공격하려는 뜻으로 하는 말은 아닐세」 나는 쓸쓸한 미소
를 지으며 술잔을 비웠고 자리에서 일어섰다

나는 원숭이를 품에 안은 채 낙엽 깔린 가로수 길을 걸어
갔다 밤하늘은 맑고 차가웠다 그것은 자꾸만 내 품속으로 파
고들었고 고통스럽게 헐떡거리고 있었다 나는 속삭였다「슬
프고 고통스럽니?」「응」품속에서 원숭이의 힘없이 갈라지
는 목소리가 들려왔다「나는 너를 부인하고 너를 저주했지.
너를 때리고 너를 목 졸랐다. 하지만 넌 너 자신이 나의 억
압된 무의식이 아니라는 걸 알고 있지」「응」「너는 죽고 싶
니?」「죽고 싶어」「하지만 넌 나의 환상일 뿐이야」「죽고 싶
어」나는 천천히 품속에서 온몸이 오그라든 채 떨고 있는 그
것을 꺼냈다 그것의 짧은 잿빛 털 위로 가을의 가늘고 메마
른 달빛이 눈부시게 반짝였다「너는 누구니?」「죽고 싶어」
작고 투명한 핏빛 눈동자가 나를 바라보며 속삭이고 있었다

목욕탕 굴뚝 위로 내리는 눈

1.

변두리 도시의 지저분한 거리 위로 눈이 내린다. 좁은 도로 양옆으로 낡고 더러운 간판들이 다닥다닥 붙은 상가 건물들이 늘어서 있고, 건물 사이 좁은 골목으로는 붉은 깃발을 내건 무당집과 세탁소, 전당포 들이 어둡게 웅크려 있다. 허공엔 추위, 그리고 어지러이 얽혀 뻗어가는 전깃줄의 소리.

2.

상가 건물 오 층 창문이 드르륵 열리더니 한 아이가 창문을 빠져나와 창턱으로 올라선다. 아이는 보습학원 간판에 기대어 서서 하얀 침묵으로 뒤덮인 인적 없는 거리를 내려다본다. 아이의 이마로 전깃줄 그림자가 지난다. 창문 뒤 어둠 속에서 누군가 소리를 지른다. 아이는 눈을 가늘게 뜨고 허공의 눈발을 올려다본다. 전깃줄 사이로 열리는 허공이 기차가 지나다니는 잿빛 벌판처럼 보인다. 아이가 가방을 앞으로 고쳐 맨다. 창문에서 욕설과 함께 한 사내의 손이 튀어나온다. 아이가 안테나를 잡고 몸을 비틀며 사내의 손을 피한다. 아이가 웃는다. 전깃줄이 윙윙거린다. 아이의 몸이 허공 속으로 펄쩍 날아오른다.

3.

상가 건물 이 층 만화방 카운터 뒤에 앉은 사내가 화면이 흔들리는 소형 티브이를 주먹으로 내리친다. 얼굴에 만화책을 덮고 잠들어 있던 내가 깨어 일어나 사내를 노려본다. 만화방 안엔 사내와 나 두 사람뿐이다. 벌써 세 시다. 나는 창문을 바라본다. 눈이 아직도 오는군. 차가 막힐 것이다. 목욕탕에 갔다가 이발소에도 들르려면 시간이 빠듯하다. 나는 그녀와 만날 시간과 장소를 떠올리며 서둘러 외투를 걸친다. 내게서 돈을 건네받은 카운터 뒤의 사내가 등을 돌린 채 소형 티브이 위로 몸을 웅크린다.

4.

무당집 좁은 마당에 소녀가 앉아 있다. 상가 건물 벽이 마당의 절반을 가려 마당 한쪽이 저녁 무렵처럼 어둑어둑하다. 잠시 구름이 열리면서 마당으로 희미하게 햇살이 비쳐든다. 그녀는 무릎 위로 깍지를 끼고 웅크린 채 눈동자에 어리는 귀신의 속삭임을 듣는다. 그녀는 눈을 감는다. 희미하게 들려오는 찬송가 소리. 박수 소리. 귀신들이 낡은 상가 교회 계단을 오르내리는 소리.

5.

한 여인이 요란하게 울리는 핸드폰을 들고 예배실 문을 열고 서둘러 나온다. 우리 애가 또요? 알겠습니다, 선생님. 죄송합니다, 선생님. 여인이 창문을 바라보며 담배를 꺼내 문다. 여인의 시선이 무당집 마당에 웅크린 채 앉아 있는 여자아이에게 머문다. 가느다란 담배연기가 풀어지며 창밖으로 빨려들어간다. 그녀는 바라본다. 그녀는 바라보고, 그녀는 욕을 내뱉고, 다시 바라본다. 창턱에 담배를 비벼 끄고 그녀가 돌아선다. 예배실 문을 열자 열기와 신음 소리와 박수 소리가 그녀의 미소 띤 얼굴 위로 일제히 밀려든다.

6.

목욕탕 굴뚝 아래 사는 사내가 걸어오는 나를 내려다본다. 평소처럼 벌거벗은 채다. 미친놈은 추위도 못 느끼나봐. 나는 생각한다. 그가 손을 흔든다. 나도 손을 흔들어 인사한다. 전에 썼던 「백치는 대기를 느낀다」와 「소박한 삶」이라는 시는 저 사내에게서 착상을 얻어 쓴 것들이다. 다음번엔 「목욕탕 굴뚝 위로 내리는 눈」이라는 제목으로 한 편 써봐야지. 목욕탕 문을 열면서 내가 중얼거린다.

7.

 목욕탕 굴뚝 아래 사는 사내는 입을 헤벌리고 굴뚝 아래 앉아 하늘을 뒤덮고 있는 전깃줄을 바라본다. 사내에게 그것은 서로의 다리를 물고 늘어선 이상야릇한 거미 떼를 연상시켰다. 그것들은 전신주를 중심으로 사방으로 검게 나아가면서 눈발로 가득한 허공을 비밀스럽게 지배했다. 사내는 허공에 번뜩이는 전깃줄을 바라보는 것을 좋아했다. 전깃줄의 여정을 눈으로 좇아가다보면 어김없이 나타나는 아파트 단지와 공장 지대의 그림자와 바람의 속삭임과 불 켜진 창의 신비가 언제나 그를 매혹시켰다. 사내의 벌거벗은 몸에서 김이 피어오른다. 눈 녹은 검은 물이 굴뚝을 타고 주룩주룩 떨어져내린다.

8.

 "안녕하세요." 전깃줄에 매달린 아이가 사내에게 인사한다. "아저씨는 이런 거 못 하죠?" 사내는 엉덩이를 벅벅 긁으며 아이를 바라본다. "너 내려와. 내 전깃줄이야." 사내는 목욕탕 옥상 옆으로 뻗어가는 전깃줄에 거꾸로 대롱대롱 매달린 채 자신에게 혀를 낼름거리는 아이가 못마땅하다. 사내가 벌떡 일어서서 옥상 가장자리로 다가간다. "이 동네 전깃줄은 내 거예요." 아이가 원숭이처럼 재빠르게 손을 놀려 옥상에서 멀어진다.

"어디 한번 잡아봐요, 바보 아저씨." 상가 건물 벽 사이 공중에 매달린 채 아이가 깔깔거린다. 하얀 눈송이가 아이의 몸 위로 내려앉는다. "나 바보 아냐." 사내가 고함을 지른다. "그럼 다음에 봐요." 아이가 손을 흔든다. 아이의 몸이 허공에 매달린 채 천천히 멀어져간다. "나 바보 아냐!" 사내가 소리친다. 한차례 돌풍이 일자 전깃줄이 일제히 윙윙거리며 사내의 벌거벗은 몸 위로 눈가루를 날린다. 사내가 썩썩거리며 머리를 턴다. "안녕! 잘 있어요, 바보 아저씨!" 아이의 해맑은 웃음소리가 멀리 공장 지대의 어두운 그림자가 가물거리는 잿빛 허공 속으로 사라진다.

9.

깊은 밤의 거리 위로 여전히 눈이 내린다. 나는 집으로 돌아와 책상에 앉아 「목욕탕 굴뚝 위로 내리는 눈」이라는 제목의 시를 쓰고 있다. 담배를 물고 창가에 선다. 불 꺼진 상가 건물과 목욕탕 건물이 내다보이고, 무당집 마당의 어둠 속에 소녀와 가방을 앞으로 둘러맨 아이가 나란히 앉아 있는 게 보인다. 나는 오랫동안 그들을 지켜본다. 파르스름한 눈송이가 아이들의 몸 위로 반짝이고 있다.

2부
백치는 대기를 느낀다

바틀비

그는 사무실의 잿빛 벽에 면한 자신의 업무용 책상 앞에
경직된 채로 앉아 있다. 가늘게 실눈을 뜨고, 유령처럼 희
미한 광채를 발하면서. 멀리서 보면 그가 앉은 자리는 높이
쌓아올린 서류철 더미에 파묻혀 있는 잿빛 동굴을 연상시킨
다. 그는 두 손을 단정히 책상 위에 펼쳐놓은 채 자신에게
할당된 서류가 도착하기를 기다린다. 건너편에서 그녀의 시
선이 그의 자리를 가리고 선 철제 캐비닛 근처를 더듬는다.
그녀는 그를 생각한다. 어제도, 오늘도, 그가 이곳에 입사
하기 전부터. 그녀는 그에게 전해줄 서류가 도착하기를 기
다린다. 그녀는 꿈속에서 그를 처음 만났다. 꿈속에서도 그
는 책상 위에 자신의 손가락들을 펼쳐놓고 있었다. 창밖에
선 눈이 내리고 있었고, 파르스름한 안개 너머로 그토록 오
랫동안 그의 손은 책상 위에 펼쳐져 있었다.

도시 외곽의 공장 지대 지하로부터 검붉은 파이프들이 뻗
어나온다. 눈 녹은 물과 공장 지대를 둘러싸고 있는 겨울 숲
의 차가운 빛이 거미줄처럼 뻗어 있는 파이프들의 통로를
따라 뒤섞인 걸쭉한 검은 액체가 되어 도시의 중심부로 흘
러들어온다. 도시의 지하엔 거대한 기계의 수많은 톱니바퀴
들이 맞물려 돌아가면서 액체를 빨아들였다가 내뿜으며 열
기를 만들어낸다. 뜨거운 검은 물이, 걸쭉하고 부글부글거
리는 검은 물이 그가 앉아 있는 사무실에도 공급된다. 그것
은 벽 속을 타고 흐르면서 건물의 외벽에 쌓인 눈을 녹게 하

고, 온수가 나오게 하며 사무원들로 하여금 서류를 검토하게 한다. 쥐들은 지하의 파이프 근처에서 새끼들을 낳고 파이프에서 새어나오는 증기를 따라 이동한다. 그것들은 꼽추들과 예언자들과 쥐인간들로 붐비는 지하 시장을 가로질러 간다. 그곳에서는 도시가 자라나는 소리가 잘 들린다. 그리고 시장 모퉁이의 어둠 속에 그가 앉아 있다. 그는 벽에 기대어 두 무릎을 세운 채 가늘게 실눈을 뜨고 있다. 한복판에 세워진 단상 위에서 모자를 쓴 쥐인간들이 무슨 말인가를 큰 소리로 부르짖는다. 박수 소리. 거대한 톱니들이 맞물리는 소리. 뱀의 혀처럼 날름거리는 증기의 쉭쉭대는 소리.

그녀의 책상 위로 서류 뭉치가 도착한다. 그녀는 일어서서 거대한 사무실의 통로를 따라 걸어다니며 서기들에게 각자 할당된 서류를 분배하기 시작한다. 성에 낀 창틈으로 눈 내리는 거리의 풍경이 희미하게 보인다. 그 위로 서류를 들고 있는 그녀의 야윈 몸의 윤곽이 잠시 비쳤다가 사라진다. 그녀의 발걸음은 마침내 캐비닛 앞에서 멈춘다. 그의 구부정한 등은 여전히 경직되어 있다. 그러나 그의 손이 갑작스럽게 책상 위에서 솟아오른다. 그녀가 들고 있던 마지막 서류가 그의 손에 쥐어진다. 그녀는 돌아서기 전 반쯤 열려져 있는 그의 책상 서랍을 들여다본다. 살찐 검은 쥐들이 꼬리를 감은 채 서랍 안에 웅크리고 잠들어 있다. 다섯 시까지. 그녀의 입술이 떨린다. 다섯 시까지요. 그녀가 돌아선다. 알

겠소. 잿빛 벽을 주시한 채 그가 말한다. 그는 펜을 손에 쥐
고 빠른 속도로 서류를 필사하기 시작한다.

검은늑대강

사내는 문 앞에서 어깨에 쌓인 얼음을 털어내는 동안 멀리서 낮게 헐떡이는 듯한 마른 강의 물소리를 들었다. 사내의 등 뒤로 얼어붙은 거대한 회색 숲 지대가 펼쳐져 있었다. 그는 품속에서 두 자루의 단검을 꺼낸 다음 한 자루를 신발 밑창에 숨겼다. 실내는 일을 마친 벌목꾼들로 가득했다. 그들은 술에 취한 붉은 얼굴로 말없이 문 앞의 낯선 사내를 주시했다. 그는 한쪽 구석에 혼자 앉아 있는 잿빛 수염의 마른 사내 앞으로 다가가 앉았다. 「검은늑대강.」 그는 단검을 탁자 위에 올려놓으며 말했다. 두건으로 얼굴을 가린 잿빛 수염의 사내는 힐끗 탁자를 내려다본 다음 희미한 미소를 지어 보였다. 「나는 꿈속에서 이곳에 앉아 있는 당신을 보았소. 검은늑대강. 당신은 검은늑대강이라고 말했소. 나는 꿈속에서 당신을 이 칼로 죽였소.」

잿빛 수염의 사내는 두 눈이 멀어 있었다. 두 개의 허연 동공이 두건 사이로 창백한 빛을 발했다. 「검은늑대강. 그래. 나는 검은늑대강이라고 말했지. 나는 꿈사냥꾼이라오. 나는 당신의 꿈속에서 검은늑대강을 보았소. 당신의 꿈속에서 나는 당신과 마주쳤소. 당신은 나를 그 칼로 찔렀지. 나는 당신이 약탈하고 살인하는 광경을 모두 볼 수 있었소.」 잿빛 수염의 사내는 접시 위에 놓인 감자를 조금씩 으깨어 먹었다. 「그리고 당신은 나를 죽이러 이곳에 왔겠지.」

낯선 방문자는 고개를 움직이지 않고 주위를 살폈다. 술에 취한 벌목꾼들에게서 눈과 뒤섞인 쓸쓸한 흙냄새가 풍겼다. 그들은 말이 없었고 창으로 쏟아지는 뿌연 햇빛이 그들의 몸을 유황빛으로 물들이고 있었다. 「당신은 나의 비밀을 알고 있소. 그리고 이제 그 대가를 치러야 할 거요.」 그는 탁자 위에 놓인 단검을 들어올렸다. 잿빛 수염의 사내는 나직이 웃으며 속삭였다. 「당신은 나를 죽일 수 없소. 나는 당신의 꿈속에 있으니까. 그리고 당신은 꿈의 바깥에 있소. 당신은 꿈속에서 나를 죽였다고 믿겠지만 상황은 전혀 반대라오.」 잿빛 수염의 사내는 소매에서 단검 한 자루를 꺼냈다. 낯선 방문자는 그것이 아까 자신이 숨겨가지고 들어온 그 단검임을 알아보았다.

그는 몸을 숙여 신발 밑창을 더듬어보았다. 순간 그는 발밑으로 어떤 거대한 격류가 무겁고 음산한 소리를 내며 흐르고 있음을 느꼈다. 잿빛 수염의 사내는 자리에서 일어서면서 속삭였다. 「검은늑대강. 나는 당신의 시체를 검은늑대강 속에 던졌지. 당신의 눈이 지금 발밑에서 우리를 올려다보고 있소.」 낯선 방문자는 말없이 탁자 위에 놓인 두 자루의 단검을 노려보고 있었다. 「검은늑대강. 검은늑대강의 눈. 이제부터는 내가 당신 대신 두목이 될 거요.」 잿빛 수염의 사내가 미친 듯이 웃어대기 시작했다. 그러자 술집 안에 있던 벌목꾼들이 따라서 웃기 시작했다. 그는 황급히 몸을 일으켜 입구를 향해 달려갔다. 그러나 문이 열리고 그는 자신의 부하들이 하나둘 안으로 들어오는 것을 보았다. 그들은 그를 가로막은 채 킬킬거리고 있었다. 햇빛이 잦아들면서 실내는 점점 더 짙은 유황빛을 띠기 시작했다.

여우계단

여우계단

꿈에서 밝은 허공을 만나고 돌아오는 길에는 잿빛의 높은
담벽들이 골목 양편으로 끝없이 뻗어나갑니다 하수구에서
올라온 검은 쥐들이 일렬로 벽 위를 기어갑니다 나는 담벽
에 매달려 저편에 서 있는 못 보던 공장들과 못 보던 아버지
들을 봅니다 공장 굴뚝에서 검은 연기가 피어오릅니다 아버
지는 목장갑을 벗고 철근 더미 위에 앉아 담배를 뭅니다 공
장 앞으로 흑백의 강이 흘러갑니다 아버지 곁에 누워 있던
개들이 일제히 송곳니를 드러내며 이쪽을 향해 짖어댑니다
나는 조금 걸음을 빨리합니다 계단을 올라가는데 어릴 적
동화에서 보았던 작은 여우가 보였습니다 여우는 계단 한
쪽 구석에서 빙빙 맴을 돕니다 잔뜩 찌푸린 하늘 아래서 여
우는 은은히 빛납니다 속삭임이 퍼지고 여우의 율동이 밝
은 빛의 여울을 이룹니다 어떻게 된 셈인지는 모르지만 나
는 저 은빛의 여울이 다음 꿈으로 가는 입구라는 걸 잘 압니
다 꿈 밖에서는 아까부터 천장의 밧줄에 머리를 매단 채 어
머니가 내 얼굴을 내려다보고 있습니다 나는 여울 속을 내
려다봅니다 아까 보았던 밝은 허공이 펼쳐져 있습니다 아버
지들이 저편에서 달려오고 있습니다 술에 취한 아버지들이
성기를 빳빳이 세운 아버지들이 고함을 지르며 달려옵니다
여우가 입으로 내 바짓가랑이를 당깁니다 나는 이번이 마지
막인 것처럼 아버지들의 얼굴을 하나하나 천천히 바라봅니

044

다 그리고 여울 속으로 몸을 날립니다

아버지들

　나는 그 아이의 아버지 가운데 한 사람이다 나는 그 아이
에 대해 할 말이 많지 않다 다만 내가 그 아이의 꿈의 입구
를 봉했을 때 흘겨보던 잿빛 눈에 대해 기억한다 술에 취한
어느 날 계단에서 굴러떨어진 이후로 눈가에 희뿌연 안개가
사라지지 않는다 욕설을 퍼붓고 매질을 해대도 아이는 아
무 말이 없다 모든 게 이상해졌다 이 모든 게 아이놈이 꿈을
꾸고 있기 때문이다 빌어먹을 꿈들 정신을 차려보면 나는
또다른 꿈속에 있었다 알 수 없는 속삭임이 얼굴에 덕지덕
지 달라붙었다 어느 날부턴가 마누라는 천장 위를 걸어다니
기 시작했다 마누라는 삼 년 전에 죽었는데 아직도 천장 위
를 걸어다닌다 자식놈은 잠만 잔다 제기랄, 언제부터 이놈
의 개들이 내 주변을 어슬렁거렸을까 이렇게는 살 수 없다
나는 열심히 일한다 내가 무슨 잘못을 했는가 나는 아이놈
의 목을 졸랐다 그러나 새로운 꿈의 입구가 열리고 아이는
잿빛 눈으로 나를 흘겨보며 입구를 닫고 사라져버렸다 나는
작업복을 입고 공장에 나간다 오늘도 공장에 나갔지만 공
장 문은 닫혀 있었다 아이의 아버지들이 철근 더미 위에 앉
아 담배를 피우고 있었다 아이는 꿈의 미로를 닫고 그러면

우리는 일한다 언제나 똑같다 우리는 일한다 빌어먹을 꿈의
입구가 다시 열릴 때까지

세번째 아이

  아버지, 나는 여우를 따라왔어요 여긴 무척 밝고 추워요
아버지, 왜 자꾸만 내 침대 안으로 들어왔나요 아버지가 아
버지들과 함께 내 방문을 부쉈을 때 나는 아무도 없는 텅 빈
골목을 달렸어요 아버지, 왜 내 안에는 열세 명의 아버지가
들어 있나요 아버지, 꿈은 내가 꾸는 게 아니잖아요 열세 명
의 내가 꾸는 게 아니잖아요 꿈은 아버지가 꾸는 거잖아요
아버지가 다른 아버지들과 어울려 내 바지를 내렸잖아요 아
무리 꿈을 꿔도 아버지의 꿈속이었어요 아버지, 제발 어머
니의 꿈속에서 나오세요 어머닌 삼 년 전에 죽었잖아요 아
버지는 집에도 안 들어왔잖아요 우린 셋이에요 어제 또 하
나의 내가 이곳에 왔어요 밝은 허공을 만나고 왔대요 여우
를 따라왔대요 아버진 오늘도 공장에 나가겠죠 아버진 오늘
도 또다른 날 쫓고 있겠죠 우린 곧 이곳에 모일 거예요 우린
곧, 열셋이 될 거예요

밝은 방

나는 내가 죽었다는 걸 알고 있다 정확히 말하면 나는 여러 개의 꿈에서 하나의 꿈으로 건너왔다 나는 천장 위를 거닌다 바람이 킬킬거리며 창문을 흔들어댄다 천장 위로 달빛의 음영이 일렁인다 나는 이곳의 리듬이 마음에 든다 이곳은 밝고 춥다 나는 이렇게 완벽한 고요가 존재하는지 몰랐다 이곳에선 허공의 숨소리가 들린다 알맞게 어둡고 서늘한 속삭임이 내 열린 가슴속을 드나든다

그런데 갑자기 찾아오는 이 존재의 굉음은 무엇일까 저 아이는 누굴까 누가 저 아이를 이 방 안에 눕혔을까 여기서는 모든 꿈이 잘 보인다 꿈의 입구를 여닫는 소리 아이가 뒤척이는 소리 몸을 구부리고 달빛에 잠기는 소리 침대 안의 미로들이 우글거리는 소리 이 비명은 어디서 오는 걸까 아이는 누구를 기다리다 이렇게 잠이 든 걸까 그러나 나는…… 아이야, 삼 년 전에 네 아버지는 죽었단다…… 그러나 나는…… 그러나 나는…… 왜 아이는 깨어나지 않을까 왜 아이는 아까부터 가늘게 눈을 뜨고 있을까

문청

가을이었고 휴일이 계속되었다 눈을 떠보면 나는 선로 위
에 누워 있었다 기차를 타고 돌아온 내게 너는 이런 식의
미학이 지긋지긋하다고 말했다 우리는 대합실 유리문을 밀
고 나와 쌀쌀해진 저녁의 거리 속으로 천천히 섞여들었다

때로는 지붕 위에서 눈을 뜨기도 했다 더러운 겨울 외투
를 걸친 사내들이 신문지를 덮고 내 곁에 잠들어 있었다 나
는 그들의 품속에서 담배를 훔쳐 달아났다 휴일이었고 새파
래진 하늘 아래로 홍등을 매단 골목길이 끝없이 이어졌다

우리는 때로 카페에서 마주치기도 했다 너는 소설가 애인
의 팔을 붙잡고 있었고 우리는 말없이 서로의 눈을 들여다
보았다 하얗게 분칠한 너의 얼굴 속에서 기차가 도착하고
있었다 플랫폼의 어두운 불빛 아래 소설가가 서 있었다 그
의 얼굴은 보이지 않았다 나는 그의 옆자리에 앉았고 잠시
후 기차가 출발했다

때로 눈을 뜨면 나는 너를 안고 있었다 너는 흐느끼고 있
었고 나는 침대맡에 앉아 오랫동안 여관 창밖으로 야간 통
근열차가 지나가는 소리를 들었다 네가 화장을 하는 동안
나는 메모지에 시를 적었다 티브이에서 방청객의 규칙적인
환호성이 터져나왔다 부끄럽지도 않니 이따위 미학이 부끄
럽지도 않니 하얗게 분칠한 너의 얼굴이 거울 속에서 아득

하게 빛나고 있었다　　　　　　　　　　　　　　—

검문

겨울이 시작되고 첫눈이 내리던 날 내 애인은 검은 늑대
가 되어 공장 지대의 뒷골목으로 사라졌다 나는 아무에게도
그 사실을 알리지 않았다 혹한이 계속되는 나날이다 작업장
안은 기계들이 내뿜는 잿빛 연기로 가득하다 끝없이 돌아가
는 컨베이어 벨트들 절단기를 들어올리는 거친 손들 라디오
에서 공장 지대에 출몰하는 늑대 떼에 관한 소식이 들려온
다 나는 서 있다, 식은 커피를 들고, 통로 기둥에 일렬로 기
대어 있는 작업조 동료들의 잿빛 입김 곁에서

우리는 함께 일하던 소년이 늑대로 변하는 것을 본 적이
있었다 우리는 절단기를 붙잡은 채로 소년의 쥐처럼 작고
충혈된 눈이 조금씩 검고 무거운 털로 뒤덮여가는 것을 지
켜보고 있었다 부저가 울리고, 컨베이어 벨트가 돌아가고,
소년의 겁에 질린 신음 소리가 차츰 냉혹한 광란으로 뒤덮
여갈 때 우리는 허공에서 들려오는 킬킬거리는 웃음소리를
들었다 사이렌 소리와 함께 경찰들이 들이닥쳤고 소년은 창
문을 부수고 자욱한 연기로 뒤덮인 공장 앞마당을 가로질
러 사라져갔다

눈이 그쳐 있다 나는 공장 문을 나선다 어둑어둑해진 골
목길을 무장한 경찰들이 돌아다니고 있다 앞쪽에서 사살한
늑대의 시체를 어깨에 둘러맨 경찰들이 다가왔다 나는 담
배를 물고 말없이 검문에 응한다 나는 경찰의 어깨 위에 늘

어져 있는 늑대의 푸른 눈을 바라본다 어디선가 킬킬거리
는 웃음소리가 들린다 바람이 불고 허공에서 얼음 냄새가
쏟아져내린다

　나는 그녀와 함께 거닐던 고가 철로 아래로 걸어간다 기
차가 지나간다 맹렬한 속도로 지나가는 차창들 사이로 두
마리의 검은 늑대가 서 있다 그들은 바람에 검은 털을 나부
끼며 나를 내려다보고 있다 순간 뒤편에서 희미하게 킬킬거
리는 소리가 들린다 나는 뒤돌아선다 어두운 불빛 속에 잠
겨 있는 공장 지대로부터 한줄기 차디찬 바람이 불어온다
나는 비로소 그 웃음소리가 공장 기계의 톱니들이 맞물리
면서 내는 소리임을 깨닫는다 무장한 경찰들이 내게로 다가
온다 철로 위의 늑대들은 사라졌다 나는 담배를 물고 말없
이 검문에 응한다

죽은 아이

공장 폐수 위로 일렁이는 가을빛. 공장 지대와 숲 지대의 경계를 가로지르는 마른 강바닥에 잿빛 낙엽이 잔뜩 쌓여 있다. 바람이 불자 낙엽들이 바스러지는 소리를 내며 어둡게 흩어지면서 웅크린 한 아이의 모습을 드러낸다. 아이 곁에는 검은 털로 뒤덮인 개가 눈을 감은 채 죽은 듯 누워 있다. 아이는 개의 탐스러운 검은 털 속에 머리를 파묻고 굴다리 밑으로 흔들리는 나무 그림자를 응시한다. 개의 눈동자는 감은 눈꺼풀 뒤에서 푸르고 예리하게 움직이고 있다. 죽지 마, 죽지 마. 아이의 속삭임. 개의 눈동자는 말없이 움직인다. 식어가는 핏속에서.

근무를 마친 사내들이 역으로 걸어간다. 검푸른 하늘 위로 성긴 별이 뜬다. 멀리 강바닥에서 낙엽 태우는 불길이 보인다. 한 사내가 역 계단 위에서 담배를 던진다. 허공에 스미는 연기. 역 맞은편 쓰레기 더미가 산을 이룬 언덕 쪽에서 한 사람의 그림자가 일어선다. 쥐들이 구멍 속으로 몸을 숨긴다. 한 사람의 그림자 뒤로 검은 늑대들의 그림자가 일어선다. 바람이 언덕 쪽으로 차단기 소리를 실어간다. 그림자가 흔들린다. 기차가 지난다. 밤의 어둠이 강바닥 쪽으로 옮아간다.

아이는 속삭인다. 한 사람의 그림자. 그의 뒤를 따르는 늑대들의 그림자. 늑대의 눈 속에서 기화하는 불. 굴다리 위로 지나가는 기차의 푸른 그림자. 아이는 개의 검은 털 속에 몸을 파묻은 채 속삭인다. 개의 눈동자가 떨린다. 식은 핏속에서. 가늘게. 푸르고 어둡게.

　한 사람의 그림자가 강바닥을 가로질러 간다. 늑대들을 이끌고. 어둠이 그들의 움직임을 감춘다. 폐수의 졸졸거림. 썩은 흙 속으로 파고드는 쥐 떼. 바닥에 깔리는 불길의 아득한 그림자. 검은 개가 눈을 뜬다. 아이 곁에서. 낙엽이 토해내는 냉기 곁에서. 개의 허연 동공이 빛을 뿜는다. 아이는 속삭인다. 죽지 마, 죽지 마. 한 사람의 그림자. 그의 뒤를 따르는 늑대들의 그림자. 개가 일어선다. 어둠 속으로 송곳니를 드러내며. 뼈가 드러난 개의 다리가 일어선다. 아이가 개의 허리를 감싸 안는다. 검은 털 속으로 머리를 파묻으며. 아이가 눈을 감는다. 식어가는 핏속에서. 어둡고 푸르게.

플랫폼

원숭이가 어두운 계단을 오른다
모자를 비껴 쓴 원숭이가
서커스단의 붉은빛
허리가 움푹 조여든
조끼를 입고

번쩍거리는 기차들이 계단 아래로 질주한다

썩은 사과 냄새가 풍겨오는
손풍금 소리
자정 치는 소리
소매가 검은
형광빛의 원숭이가 신문을 판다

나는 가방을 바닥에 내려놓는다
원숭이들 얼굴에 흘러내리는 형광등 불빛
환하게 밝혀진 허공의 먼지들
이토록 환한 밤
기차를 기다리는 밤

비껴 쓴 모자가
잘 어울리는 밤

옆 원숭이들과 눈인사를 하며
얼굴 위로 식은
화장 분을 느끼며
기차를 기다리는
밤

창밖 어둠 속으로
잿빛 눈은 내리고
기차들은 번쩍거리며
질주한다

이토록 환한 밤

천 개의 형광등이
켜져 있는 밤

상트페테르부르크의 여름

내 할머니의 영혼은 다락방에 머물고 있다. 내가 혼자 저
녁을 먹고 설거지를 마친 후 창가에 팔꿈치를 괴고 앉아 있
노라면 그것은 쥐가 돌아다닐 때처럼 바스락거리는 소리를
낸다. 사실 할머니의 영혼은 쥐를 닮긴 했다. 사람들은 왠
지 영혼이라 하면 밝거나 투명한 어떤 빛의 덩어리 같은 걸
떠올리는 것 같다. 나도 그렇게 생각했다. 그런데 할머니의
영혼은 검고 앙상하고 털이 나 있다. 피터 아저씨는 그건 그
냥 쥐일 뿐이라고 말한다. 하지만 할머니가 마지막 숨을 거
두는 순간 할머니가 누운 침대 밑으로 그것이 나오는 걸 나
는 보았다.

그것은 나를 바라보았고 나는 알 수 있었다. 그러니까 그
것은 쥐가 아니다. 더구나 할머니가 숨을 거둘 때, 할머니의
눈동자가 천천히 뒤로, 얼굴의 내부로, 돌아갈 때, 나는 할
머니의 죽음이 일으키는 소리를 듣고 있었다. 무언가가 뒷
걸음치는 소리, 무언가 하얀…… 그것은 할머니의 내부에
서 섬광처럼 하얗게 빛나다가 곧 어두워졌고, 그것은 곧 뒷
걸음치기 시작했다. 나는 듣고 있었다. 하지만 피터 아저씨
는 말없이 시트를 끌어올려 할머니의 얼굴을 덮어버렸다.

창밖으로 서커스 공연을 알리는 북소리가 들려온다. 골목
을 달려나가는 아이들의 웃음소리. 나는 탁자 위에 놓인 구
겨진 지폐 몇 장을 바라본다. 피터 아저씨는 이걸로는 부족

하다고 말했다. 피터 아저씨는 가끔씩 날 때리지만 내가 미워서 그러는 건 아니다. 아저씨는 술에 취해 하얗게 분칠한 내 얼굴을 오랫동안 물끄러미 바라보곤 한다. 그러고는 아이처럼 울음을 터뜨리는 것이다. 북소리가 멀어져간다. 문 밖 계단에서 소리가 나는 것 같다. 나는 문을 열어본다. 계단은 어둠에 잠겨 있다. 어둠의 가장자리가 희게 빛난다.

그는 어제 저녁 우리 집으로 올라오는 가파른 계단의 어둠 속에 앉아 있었다. 피터 아저씨? 하고 물었지만 나는 아니란 걸 알고 있었다. 그의 몸은 어두워져가는 백야의 하늘 속에 잠겨 있었다. 천천히 고개를 드는 그의 눈은 푸르렀다. 그것이 나를 향했을 때 나는 알 수 있었다. 자고 갈 거예요? 하고 물었지만 아니란 걸 알았다. 저녁의 열기가 자디잔 물방울이 되어 계단 위를 뿌옇게 뒤덮고 있었다. 나는 그의 이마에 입을 맞췄다. 내가 왜 그랬을까? 하지만 그는 이해했다. 그는 꼽추 광대였지만 그는 아름다웠다. 나는 알았다. 나는 창녀지만, 내가 창녀가 아니란 걸 그가 이해한 것처럼. 안나— 안나— 안나— 그가 내게 말했다. 내 가슴속에 머리를 파묻은 채, 그는 안나— 안나— 안나— 하고 속삭였다.

할머니의 영혼은 비밀스러운 고독에 잠겨 홀로 돌아다닌다. 할머니는 나를 보러 내려오지 않는다. 하지만 나는 그것이 할머니의 방식이란 걸 안다. 나는 창가에 팔꿈치를 괴고 어둑어둑해지는 백야의 길거리를 내려다본다. 그가 다시 나를 찾아와줄까? 세상엔 내가 이해할 수 없는 것들이 있다. 그리고 나는 사람이란 이해할 수 없는 것만을 진정으로 이해할 수 있다는 사실을 알고 있다. 내가 왜 이럴까? 오늘따라 내 방은 왜 이리도 끝없이 슬퍼 보일까? 오늘 밤에도 그는 광대 모자를 쓰고 눈가에 붉은 물감을 칠한 채 어느 어두운 밤거리의 축축한 열기 속을 걷고 있을 것이다. 커다란 북을 둥둥 울리며, 안나— 안나— 안나— 속으로 속삭이면서. 나도 눈을 감고 안나— 안나— 내가 모르는 그녀의 이름을 불러본다. 다락방에서 바스락거리는 소리가 들려온다. 물건들이 쓰러지는 소리. 다락방 창문이 깨지는 소리. 깨진 틈으로 백야의 열기가 밀려드는 소리. 할머니의 영혼이 헐떡이는 소리. 안나— 안나— 안나— 할머니의 영혼이 속삭이는 소리.

서커스의 밤

　꼽추 광대는 몸을 떨며 사다리를 기어오른다. 어두운 불빛 기둥이 광대의 허옇게 분칠한 얼굴 위로 쏟아진다. 「밧줄이 보이지 않으니, 이상한 일이구나.」 광대는 난간을 붙잡은 채 잠시 허공 속에 몸을 웅크린다. 광대의 입에서 허연 입김이 뿜어져나온다. 관객들의 웃음소리가 발밑 어둠 속으로 박쥐처럼 떠돈다. 「이상한 일이구나. 한참을 올라도 사다리는 끝나지 않고, 보이는 건 불붙은 쇠테 곁에 도사린 사자뿐이구나. 오늘 밤은 고되구나. 오늘 밤은 무섭구나. 가련한 꼽추 광대의 줄타기를 위해 사다리가 이렇게 높으니, 관객들의 야유 소리만 더욱 요란하구나.」 「떨어져라, 꼽추 새끼, 떨어져버려라.」 단장이 내리치는 채찍 소리가 잿빛 연기 사이로 어둡게 번뜩인다.

　광대는 다시 사다리를 오르기 시작한다. 관객석이 아득히 멀어져갈수록 사다리는 점점 더 가늘고 푸르러진다. 광대의 머리 위로 검은 밤이 펼쳐진다. 검은 밤은 드넓고, 고요하고, 냉혹한 추위가 별들을 송곳니처럼 번뜩이게 한다. 광대는 먼 곳의 공장들을 본다. 도시의 불빛과, 번쩍이며 질주하는 기차들을 본다. 광대는 눈을 감는다. 「이상한 일이구나. 모든 것이 맥박처럼 고동친다. 저 불빛들, 건널목을 건너는 사람들, 공장 굴뚝 위로 번쩍이는 눈 더미들, 터널을 통과하는 기차들. 일생일대의 밤이로구나. 잊을 수 없는 서커스의 밤이로구나.」 광대는 그 순간 자신의 발 앞에 놓인

밧줄을 발견한다. 그것은 어둠 속 멀리, 아득하게 빛나는 기
차역을 향해 뻗어 있다. 광대는 밧줄 위로 발걸음을 내디딘
다. 형광빛 네온사인 불빛이 허옇게 분칠한 광대의 얼굴 위
로 물든다. 입가에 칠해진 붉은 물감 속에서 그의 검은 입
술이 달싹인다.

「이상한 일이다. 모든 것이 예정되어 있던 것처럼. 기차가
연기를 뿜으며 나를 기다리고 있구나. 그리고 내 손에는 운
명처럼 검은 가방이 들려 있구나. 도시의 불빛이 고동친다.
출발을 알리는 기적 소리가 들린다.」 광대는 가방에서 모자
를 꺼내어 쓴다. 광대의 손등에 돋아 있는 잿빛 털이 질주하
는 기차 불빛에 드러난다. 발밑으로 드리워진 앙상한 꼬리
가 드러난다. 광대는 밧줄 위로 몸을 웅크린다. 그것은 서서
히, 서커스 무대를 굽어보는 모자 쓴 원숭이의 검은 형상을
이룬다. 관객들의 외침 소리가 들려온다. 어두운 불빛의 동
그라미가 추락하는 광대의 몸을 고요히 뒤쫓는다.

철도의 밤

철도의 밤이네. 눈 뜨지 않아도, 귀 기울이지 않아도, 어둠 속에 펼쳐진 내 손가락, 내 가방. 기차를 따라 항진하는 내 고통의 소리. 차창을 뒤덮은 성에가 네온처럼 차갑게 빛나고 있네. 그날 밤, 난방이 형편없는 술집에서 자네와 헤어진 후 무섭도록 많은 가로등들이 켜져 있는 이상한 거리를 헤맸다네. 그러다 그만 길바닥 빙판에 얼굴을 묻고 잠들고 말았지. 그리고 이제 다시, 나는 나의 반복되는 꿈속에 있네. 우울한 마음으로, 내가 타고 가는 기차가 통과해갈 그 익숙한 수많은 철교들을 생각하며. 자네는 그날 밤 무슨 말을 했던가. 거래처의 P에 대해. 미결 서류에 대해. 자네와 J양의 쓸쓸한 연애에 대해. 그러고는 심드렁하게 웃었지. 자네와 나는 말없이 서로를 경멸했네. 그리고 이제, 철도의 밤이로군. 아무래도 나는 오랫동안 깨어나지 않을 작정인 것 같네. 열차는 줄곧 북상하고 있네. 추위가 점점 견디기 힘들어지네. 어째서 나의 꿈속은 이리도 겨울, 겨울뿐이란 말인가. 언젠가는 이 열차가 멈출 테고 그러면 나는 이름 모를 북구의 작은 정거장에 홀로 내려서게 되겠지. 그리고 나는 다시 사무실로 돌아가기 위해 차표를 끊을 걸세. 이것이 언제나 반복되는 내 꿈의 행로일세. 늘 그래왔듯이 자네는 이런 내 말을 믿지 않겠지만 말이네.

이 글이 자네에게 전해질 수 없다는 걸 잘 알고 있네. 어쩌면 꿈 밖의 나는 벌써 깨어 일어나 창백한 몸을 사무실 의

자에 기댄 채 내게 할당된 업무 서류를 검토하고 있을지도 모르겠네. 그리고 나와, 나를 태운 이 열차와, 어둠 속으로 뻗어가는 겨울의 어두운 광채와, 기차를 따라 항진하는 내 고통의 소리는 모든 꿈의 운명이 그러하듯이 곧 소멸하고 말 것이네. 하지만 친구, 어쩌면 지금도 자네 곁 사무용 의자에 앉아 있을 나를 나라고 여길 수 있을까? 그럴 수 있을까? J양을? 통근 열차의 흔들림을? 우리 곁을 자전하는 찬란한 업무의 성좌를? 자네는 알고 있을 걸세. 자네는 서류를 필사하는 틈틈이 경멸 어린 시선으로 나를 훔쳐보고 있을지도 모르네. 그러나 자네가 알고 있다는 것, 자네가 부인하는 꿈속의 자네 역시 북구의 어느 이름 모를 정거장에서 돌아오는 기차표를 사기 위해 쓸쓸히 기차 시간표를 들여다보고 있을 거라는 사실은 변하지 않을 걸세.

이제 열차는 불 꺼진 공장 지대를 벗어나 눈 덮인 황량한 숲 속을 통과하고 있네. 내 앞에는 책상이 있고, 백지가 있고, 그 위로 흘러가는 겨울 가지들의 무수한 검은 선들. 눈 뜨지 않아도, 귀 기울이지 않아도, 나는 내게 쓰도록 명령하는 집중된 허공을, 어둠 속에서 움직이는 내 손의 움직임을 듣고 있네. 자네는 듣고 있나? 들어보게. 밤, 어둠, 고독한 불빛들. 철로를 깨무는 추위, 안개 속으로 사라져가는 철교의 속삭임. 얼굴을 쓸어내리면 두 손에 묻어나는 메마른 불빛. 기차를 따라 항진하는 고통의 소리. 어둠 속에 펼쳐진 내 손가락, 내 가방. 끝없이 이어지는 터널의 어두운 비명을 들으며 나는 자네를 생각하네. 사무실의 뿌연 조명 아래서 서류를 검토하고 있을 자네와 나를 생각하네. J양을 훔쳐보는 우리의 어두운 욕망을 생각하네…… 자네는 듣고 있나? 들어보게. 소멸하는 열차들의 침묵을. 여관방에서 뒤척이는 불면의 밤을. 자네의 눈꺼풀 뒤로 열리는, 영원한 철도의 밤을……

귀가

사내가 퇴근하여 돌아오기를 기다리며 귀신은 침대 위에 앉아 있다. 벽지가 뜯겨나간 방 안으로 검푸른 어둠이 일렁인다. 라디오 시그널이 아득히 울린다. 그녀는 라디오 위로 손을 펼친다. 투명한 전파들이 그녀의 손을 통과한다. 열린 창으로 가을의 자장이 밀려든다. 그녀가 창밖으로 고개를 돌린다. 그녀는 눈을 감는다. 그녀는 운다. 자장이 옮겨오는 길목마다 일제히 귀뚜라미 울음소리가 별빛처럼 일어선다.

사내는 홀린 듯 골목 안으로 들어선다. 철거 명령 통지서가 덕지덕지 붙어 있는 부서진 담벽 위로 전신주 그림자가 흔들린다. 사내는 거미줄처럼 얽힌 골목길을 익숙한 걸음으로 통과해간다. 가을의 자장이 귀신들을 불러 모은다. 사내는 허물어진 집 마당에 서 있는 귀신들을 본다. 라디오 시그널이 울린다. 사내는 계단을 오른다. 사내는 난간에 서서 귀기울인다. 바람이 사내의 넥타이를 흔든다. 삽날을 치켜든 포클레인 그림자가 아파트 담벽을 톱니처럼 긋는다. 문 앞에 선 사내의 얼굴을 긋는다.

더 먹어. 더 먹어. 그녀가 음식을 먹고 있는 사내를 응시한다. 그녀는 사내 앞에 죽은 쥐와 모래가 섞인 검은 비닐봉지를 펼쳐놓는다. 그녀는 사내의 머리를 쓰다듬는다. 라디오 시그널이 울린다. 그녀는 사내를 침대로 데려간다. 그녀의 머리칼이 사내의 가슴을 덮는다. 메마른 달빛이 방을 가

로지른다. 사내가 팔을 뻗어 라디오 주파수를 돌린다. 그녀
의 머리칼이 사내의 어깨를 덮는다. 사내의 구두를 덮는다.
잊지 마. 잊지 마. 뒤척이는 사내의 얼굴을 덮는다.

백치는 대기를 느낀다

공장 지대를 짓누르는 잿빛 대기 아래로 한 사내가 자전 거를 타고 고철 더미가 깔린 비탈길을 느릿느릿 오른다 사 내는 담배를 물고 한 손으로 자전거 핸들을 잡고 있다 한쪽 팔이 잘려나갔는지 작업복의 빈 소매가 바람에 세차게 펄럭 인다 사내는 담배연기를 빨아들이며 허공을 올려다본다 바 람의 거친 궤적이 잿빛 구름을 밀어내면서 거대한 하늘 위 로 새파란 대기의 띠가 몇 줄기 좁은 외길처럼 파인다 사내 는 서리가 앉은 허연 머리를 허공을 향해 한껏 치켜들고서 광인처럼 기묘한 표정을 짓고 있다 그는 더듬더듬 속삭이고 있는 것 같다 어떤 단순한 이름들을, 추위로 가득한 대기의 이름들을 겨울, 거대한 하늘, 서리의 길, 춤춘다

그녀는 천천히 입술을 달싹인다 그녀는 사내가 분명히 그 렇게 속삭였다고 느낀다 그녀는 여관 유리창을 통해 사내를 지켜보고 있다 한 손으로 알약통을 만지작거리면서 그녀는 잠시 망설인다 그녀는 눈을 감는다 그녀의 입술이 희미하 게 달싹인다 겨울, 거대한 하늘, 서리의 길, 춤춘다 그녀의 야윈 손이 창문을 활짝 열어젖힌다 순간 거대한 대기의 굉 음이, 고철 더미가 토해내는 음산한 비명 소리가, 버석거리 는 얼음의 숨소리가 순식간에 그녀의 전신을 덮친다 바람의 날카로운 송곳니가 그녀를 바닥에 쓰러뜨리고 그녀의 살점 을 찢어발긴다 그녀의 몸이 부들부들 떨린다 그녀는 두 손 으로 얼굴을 가린 채 무언가를 기다리는 사람처럼 말이 없

다 갑자기 그녀의 목구멍에서 끅끅거리는 짐승의 울음소리
가, 그녀의 등에서, 그녀의 어깨 위에서, 웃음인지 울음인지
모를 기묘한 끅끅거리는 소리가 낮게, 냉혹하게 울려퍼진다

　그녀의 옆방 유리창 커튼이 반쯤 열리더니 벌거벗은 젊은
사내의 모습이 드러난다 사내는 팔을 내밀어 침대에 누워 있
는 여인의 손을 잡고 있다「그가 그렇게 말했어」사내가 그
녀에게 속삭인다 그녀는 잠들어 있다 그녀는 꿈속에서 그의
목소리를 듣고 있다「작업복을 입은 외팔이 사내가 속삭이
고 있었어」그녀는 말이 없다 사내는 꿈속에서 자신을 응시
하고 있는 그녀의 시선을 느낀다 사내는 성냥을 긋는다 성
냥 위로 섬광이 일어선다「희디희다」그녀가 속삭인다「그
래」사내가 대답한다「희디희다」그녀가 다시 말한다「서리
의 길, 춤춘다」「그래」사내가 대답한다「백치는 대기를 느
낀다」사내는 방 안의 어둠 속으로 풀어지는 담배연기를 바
라본다「희디희다」그녀의 창백한 음성이 천천히 잦아든다
사내는 소용돌이치는 잿빛 대기 속으로 외길처럼 무겁게 파
이는 새파란 대기의 떠를 바라보며 몸을 부르르 떤다 사내
가 거칠게 커튼을 닫는다「그래」사내가 중얼거린다 여인이
눈을 뜨고 사내를 응시한다 사내의 벌거벗은 몸이 침대 속
으로 어둡게 파고든다

골렘

눈을 뜨면 꿈이 시작된다
눈을 감으면 유령이 시작된다

파이프에서 검은 기름 새어나온다
하수구 속 어딘가에서 진흙인간이 운다

다리 아래로 금속 막대기
바닥에 끌리는 소리가 가고

벽과 벽 사이 쓰레기 산을 이룬 곳
달빛이 날 닮은 시체를 비춘다

3부
차단기 기둥 곁에서

차단기 기둥 곁에서

어느 날 나는 염소가 되어 철둑길 차단기 기둥에 매여 있었고, 아무리 생각해봐도 나는 염소가 될 이유가 없었으므로, 염소가 된 꿈을 꾸고 있을 뿐이라 생각했으나, 한없이 고요한 내 발굽, 내 작은 뿔, 저물어가는 여름 하늘 아래, 내 검은 다리, 내 검은 눈, 나의 생각은 아무래도 염소적인 것이어서, 엄마, 쓸쓸한 내 목소리, 내 그림자, 하지만 내 작은 발굽 아래 풀이 돋아나 있고, 풀은 부드럽고, 풀은 따스하고, 풀은 바람에 흔들리고, 나의 염소다운 주둥이는 더 깊은 풀의 길로, 풀의 초록, 풀의 고요, 풀의 어둠, 풀잎 매달린 귀를 간질이며 기차가 지나고, 풀의 웃음, 풀의 속삭임, 벌레들의 푸른 눈, 하늘을 채우는 예배당의 종소리, 사람들 걸어가는 소리, 엄마가 날 부르는 소리, 어두워져가는 풀, 어두워져가는 하늘, 나는 풀 속에 주둥이를 박은 채, 아무래도 염소적일 수밖에 없는 그리움으로, 어릴 적 우리 집이 있는 철길 건너편, 하나둘 켜지는 불빛들을 바라보았다

입춘(立春)

　얼음이 녹는다 길바닥 위로 햇빛에 엉긴 뱀들이 꿈틀거린
다 사람들은 똬리 튼 뱀들 사이로 걸어다닌다 교회에 가고
목욕탕에 간다 골목을 가르며 박쥐 한 마리 낮게 난다 여자
가 비명을 지른다 여자의 발에 밟힌 뱀이 몸부림치며 투명
한 독을 뿜는다 아이들은 손에 비눗갑을 들고 골목을 달린
다 외눈박이 거인의 눈처럼 퀭한 유리창들이 고개를 갸우뚱
거리며 아이들을 내려다본다 정오(正午)가 일제히 소리를
지른다 아이들이 지나는 곳마다 개나리가 피어난다 눈 더미
위에 앉아 있던 유령이 아이들을 향해 눈알을 부라린다 아
이들은 히히덕거리며 유령의 바지를 벗겨 머리에 쓴다 햇빛
이 내리고 얼음이 녹는다 아이들의 뺨을 잔설(殘雪)처럼 스
치며 박쥐가 허공으로 높게 높게 날아오른다

허클베리 핀

빛바랜 밀짚모자를 깊숙이 눌러쓴 검둥이 아이 하나가 거
대하게 펼쳐진 밀밭 속으로 숨어든다 아이의 등 뒤 지평선
에서 우수수 뜨거운 바람이 일어서더니 나른한 뱀처럼 천천
히 밀 잎사귀를 스치며 옮아온다 바람이 지나는 길 따라 밀
밭은 어두운 황금빛에서 밝은 황금빛으로 빛나고 아이는 걸
음을 멈추고 자신에게로 다가오고 있는 눈부신 바람을 바라
본다 아이가 킥, 웃음을 터뜨리더니 밀밭의 한복판을 향해
달리기 시작한다 셔츠 깃을 깨무는 열기, 먼지처럼 일어서
는 가을의 소리, 바람이 아이를 쫓는다 바람이 아이를 관통
한다 순간 아이의 작은 몸이 눈부신 황금빛으로 빛난다 아
이가 소리를 지른다 아이가 전속력으로 달리기 시작한다 아
이의 그림자가 사라진다 아이의 검은 발이 사라진다 아이와
바람이 한 몸이 되어 밀밭을 달린다 가쁜 숨소리, 점점 더 환
하게 열리는 황금의 길, 바람이 아이를 앞서가기 시작한다
밀짚모자가 벗겨진다 아이가 쓰러진다 아이는 땅에 얼굴을
묻은 채 저편으로 환하게 옮아가는 바람의 소리를 듣는다

　"이봐, 허클베리" 잠시 후 검둥이 아이는 멜빵바지 주머
니에 손을 집어넣은 채 밀밭 한복판에 서 있다 "아직은 내
가 너보다 빨라" 아이의 발아래로 짚으로 얼기설기 덮어놓
은 작은 구덩이가 보인다 구덩이 바닥에는 희미한 빛에 싸
인 백인 소년의 시체가 누워 있다 파리 떼가 잔뜩 들러붙어
있는 창백한 얼굴에 행복한 미소가 새겨져 있다 지평선 쪽

에서 다시 바람이 일어선다 검둥이 아이는 바닥에 떨어진
밀짚모자를 주워올린다 아이의 등에 새겨진 검붉은 채찍 자
국이 드러난다 아이의 검은 눈이 말없이 어두운 황금빛에서
밝은 황금빛으로 옮아가는 거대한 밀밭의 정적을 응시한다

봄, 기차

여기 이렇게 있는데, 등나무 벤치에 앉아 이렇게 꽃 피고 있는데 당신은
지나가요 당신의 지나감이 내는 소리로 거리가 넓게 느리게 무성해
져요 당신은 여기 있는데 당신은 등나무 벤치에 누워
이렇게 하얀 안개가 되는데 자꾸만 나는 당신 곁을 지나가요 당신은 눈을 뜨고
나는 지나가고 당신은 존재로 뒤덮여요 당신의 시선은 나의 지나감을 따라
목련 핀 허공을 걸어가요 당신과 마주 잡은 손이 차가운 이데아로 식어요

지나가지 말아요,
당신이 속삭이면

                               지나가지 말아요,
                                 울먹이며 기차에

올라요 당신의 지나감이 일으키는 빛살을 주사했더니 검은 쥐가 그 자리에서 픽픽 쓰러졌어요, 거짓말이에요, 당신의 지나감이 얼마나 날 키웠는지, 얼마나 두들겨댔는지, 정말이지 얼마나 그 짓을 해댔는지, 거짓말이에요, 얼마나 외로웠는지, 지나가지 말아요, 당신이 속삭이면

기차는 밤이슬에 젖어요 우리는 마주 보며 웃어요 샤갈 같
은 밤을 통과해요 우리가 마주 보고 있다는 게 사실이야? 당
신이 물으면 나는 당신의 손을 가만히 내 뺨에 부비며 지나
가요 다섯 시에 지나가요 자정에 지나가요 환하게 타오르는
오월의 잎사귀들, 존재들로 뒤섞이는 당신의 서늘한 눈 여
섯 시에 지나가요 일곱 시에 지나가요 **지나가지 말아요,** 당
신을 지나가요

낮달

당신이 웃을 때
나는 당신의 운명이 바뀌는 소리를 듣지

당신이 한순간 허공으로 존재할 때
수없이 지나가는 인파 속에서
당신의 웃음은 터져나오지

그럴 때 당신의 어깨는 유난히 작고
당신의 가방은 낮달처럼 가볍지

당신이 순간 사유를 잃고
당신이 순간 동작을 잃고
당신이 순간 음악이 될 때
당신이 홀연 가방을
공중으로 던질 때

시리도록 환한 슬픔이
하늘에 가득하지
나도 따라 가방을 던지면
어느새 당신은 없고
가방도 없지

가만 가만 숨 쉬며

귀 기울이게 되지
행진하는 인파 속에서
당신은 가로수를 부여잡고

하얗게 웃는 당신의 눈
하얗게 웃는 당신의 침묵

당신은 나의 웃음을 만들고
나는 당신의 운명이 바뀌는 소리를 듣지

나는 당신이 바라보는 나
당신은 내가 바라보는 나

당신의 웃음이 나를 들여다보는 시간
당신의 존재가 음악 속에서 지워지는 시간
당신의 환멸이 나를 들여다보는 시간

당신의 웃음이
나의 운명을 들여다보는 시간

—　**거미**

—　아이는 벽장을 열고 들어갔다
아이는 어둠 속에 웅크렸다
아이는 울지 않았고
성냥을 그었다
아이의 시선 끝에서 희디흰 짐승이 옮겨갔다
흰 짐승은 저 끝까지 걸어가 아이를 흘깃 돌아보며 소멸
했다
아이는 다시 성냥을 그었다
희디흰 짐승이 일어섰다
짐승의 걸음걸이의 정적 속에서
아이는 깜박 잠이 들었다
희디흰 짐승이 아이의 배에 얼굴을 부볐다
그것은 늑대였다가
거대한 쥐였다가
잠시 후
하얀 거미가 되었다
네가 날 불러냈구나
거미가 말했다
흰 불꽃 속에서
아이가 눈을 떴다
흰 불꽃이 아이 곁으로 원을 펼쳤다
거미가 말했다
아이야
—

넌 죽을 거야

하지만 무섭진 않단다

모두가 하얗게 잠든단다

아이는 불꽃 사이로

어둠에 잠긴 벽장 밖을 바라보았다

너와 나는

깊은 곳에서

흰빛이 되고

바람이 된단다

아이가 거미의 얼굴을 향해 손을 내밀었다

거미는 흰빛이 되고

꿈이 되고

속삭임이 되고

거미가

아이의 머리를 부드럽게 삼켰다

아이는 눈을 떴다

무너진 벽 너머로

사람들이 몰려들었다

아이는 불붙은 기둥을 타고 올라갔다

작고 하얀

거미가 되어

아이는

벽장 밖을 바라보았다

동지(冬至)

　길은 말라 있었다 바람 불자 빙판에 엉긴 비닐 조각들 일
제히 휘날렸다 쓸쓸해하는 애인의 손을 잡고 여관에 들어
섰다 여관 문 앞에서 그녀가 뒤를 돌아보았다 골목 모퉁이
를 급히 돌아가는 사내가 보였다 나는 그녀의 손을 가만 감
싸쥐었다 날이 쉽게 저물었다 여관방 유리창은 미세한 정
적을 머금은 잔금들로 가득했다 그녀가 기침을 하며 몇 개
의 얼음을 뱉어냈다 잔금들이 환하게 빛났다 멀어져가는 나
는 상관할 것 없어 그녀의 머리를 어루만지며 조용히 속삭
였다 그녀는 말없이 세면대의 수도꼭지를 틀었다 엷은 김
이 방 안을 채웠다

　투명한 정사가 시작되었다 그녀가 내 위로 난폭하게 올라
섰다 나는 고양이처럼 소리를 내었다 전봇대 곁에 서서 담
배에 불을 붙였다 희미한 불빛이 흘러나오는 여관 창문을
올려다보았다 그녀의 머리칼이 얼핏 보이는 것 같았다 그녀
와 나는 내가 이곳에서 그들을 엿보며 서성이고 있다는 것
을 안다 거리는 너무 추웠다 나는 옷깃을 목 깊숙이 끌어올
린다 나는 그녀를 쓰러뜨리고 그녀의 위로 올라선다 그녀가
내 목에 팔을 감으며 미안해, 미안해 속삭였다 흐느끼는 목
소리 나는 그녀의 차디찬 입술에 내 입술을 포갠다 네 잘못
이 아냐 네 잘못이 아냐 그녀의 목에서 욱욱 사무치듯 얼음
이 올라왔다 혀끝에 달라붙는 뜨거운 얼음

나는 눈을 감았다 뜬다 나는 그들의 동작을 하나하나 볼
수 있다 나는 내가 그녀의 전신을 으스러지도록 안으며 속
으로 속삭이는 파란 소리를 들을 수 있다 나는 그녀와 나를
나의 문법에서 이탈시킨다 나는 그녀와 나의 슬픔을 향해
그녀와 내가 벌이고 있는 투명한 정사를 향해 더듬더듬 속
삭인다 너희들의 잘못이 아냐 너희들의 잘못이 아냐 담뱃불
이 꺼진다 어느새 가로등이 켜져 있다 저편에서 골목 모퉁
이를 돌아오는 그녀가 보인다 전봇대에 기댄 채 그녀는 내
게서 담배를 받아든다 우리는 말없이 서로를 응시한다 여관
창문에서 침대 삐걱이는 소리가 희미하게 들려온다 우리는
천천히 그 골목을 빠져나간다

그들이 말한다

어둠에 갇힌
사막의 고함 소리
나는 안다
내 삶이 저들로 이루어져 있음을
쪼개진 빵
검은 칼의 폭염
쥐어뜯는
물과 허공
밤
백치
황폐하게 선
빛의 탑들

내 삼촌 모하메드는 말한다
내 삼촌 모하메드는 중얼거린다
박쥐가 되어
삼백 살 먹은
유령이 되어
마당 위를
엉금엉금 기어다니는
내 삼촌 모하메드가 저주한다

달의 끌어당김을

삶의 변신들을
밤을 찢는
갈고리 새벽을

골수에
새긴 사흘의 안개
골수에
새긴 사흘의 비명

내 아버지 핫산은 말한다
내 아버지 핫산은 킬킬거린다
당나귀마저 잃은
광대한 밤
홀로인 밤
뚝뚝 떨어지는 모가지들
춤추는 도깨비들
사막이 그들을 부른다

항아리 안에서
그들의 팔을
꺼내오라
항아리 안에서
그들의 차가운

심장을
꺼내오라

흩어지는 와디
빛처럼 오는
망각
그늘진
단검의
어두운 잠

눈을 뜨는
내 아들 케샨이 말한다
만월의 구멍 속에서
검은 쥐
내 아들 케샨이 흐느낀다
내 아들 케샨이 울부짖는다

사막의 북소리
사막의 고함 소리

나는 늙었다
내 피는 모래 쓸리는 소리로
가득하다

내가 말한다
지붕 없는 집
지붕 없는 광기
달빛에 쪼그라드는
눈[雪]
인간들의 내장을
할퀴는
악몽 속을
홀로 걷는다

골수에
새긴 사흘의 안개
골수에
새긴 사흘의 비명

그들이 말한다
내가 말한다
이를 갈며
그들이 찌른다
내가 찌른다
불의
뼈다귀를 들고
그들의 춤

그들의 피
어둠에 갇힌
사막의 고함 소리가
또다른
여행자의 골수를
파먹는 동안

벽장 속의 연서

요 며칠 인적 드문 날들 계속되었습니다 골목은 고요하고
한없이 맑고 찬 갈림길이 이리저리 파여 있습니다 나는 오
랫동안 걷다가 지치면 문득 서서 당신의 침묵을 듣습니다
그것은 당신이 내게 남긴 유일한 흔적입니다 병을 앓고 난
뒤의 무한한 시야, 이마가 마르는 소리를 들으며 깊이 깊이
파인 두 눈을 들면 허공으로 한줄기 비행운(飛行雲)이 그
어져갑니다 사방으로 바람이 걸어옵니다 아아 당신, 길들이
저마다 아득한 얼음 냄새를 풍기기 시작합니다

산체스 벨퀴레

교수대에 목매달린
산체스 벨퀴레의 눈은 응시하고 있다.
뼈로 덮인 시에라 모레나의 길을.
해골의 눈구멍 사이로 울리는
바람의 속삭임을.

그들은 밤의 협곡으로 말을 몰았다.
허연 입김을 뿜으며
그들은 달렸다, 뼈의 길을.
시에라 모레나의 길을.

단도를 입에 문 채
까민챠 벨퀴레는 속삭였다.

　　산체스 벨퀴레
　　산체스 벨퀴레
　　물웅덩이를 밟지 말아라
　　마녀들을 깨우지 말아라

산체스 벨퀴레는 말 등 위로 몸을 낮게 숙였다.
산체스 벨퀴레는 눈을 가늘게 뜨고
허연 입김을 뿜었다.

까민챠, 그들이 우리를 죽일 거야
우리를 죽일 거야
까민챠, 어디 있어,
까민챠, 죽일 거야
죽일 거야, 까민챠, 우리를 죽일 거야

까민챠 벨퀴레는 보고 있었다.
까민챠 벨퀴레는 말에 채찍질을 했다.
까민챠 벨퀴레.
까민챠 벨퀴레는 보고 있었다.
까민챠.
그는 보고 있었다.

산체스 벨퀴레
산체스 벨퀴레
바람의 눈을 보지 말아라
조용히, 피를 조용히 시켜라

잿빛의 길이 열린다.
잿빛 시간의 타격음이 울린다.

까민챠 벨퀴레.
그는 보고 있었다

허연 입김을 뿜으며,
교수대에 매달린
산체스 벨퓌레의 홉뜬 눈을.

　　산체스 벨퓌레
　　산체스 벨퓌레
　　마녀들을 깨우지 말아라
　　물을 성나게 하지 말아라

추격자들은 모닥불 곁에 앉아 있었다.
한 사내가 불의 입구를 열어젖히고
검은 균열 속으로 손을 집어넣었다.

　　우리를 죽일 거야
　　까민챠, 우리를 죽일 거야,
　　까민챠, 제발, 까민챠,
　　까민챠, 죽여버릴 테다,
　　까민챠, 죽여버리겠다고
　　까민챠, 죽일 거야,

　　까민챠! 까민챠! 까민챠!

말은 입김을 뿜었다.

안개 속에서
말의 눈은 허연 입김을 뿜고 있었다.

까민챠 벨퓌레는 단도를 손에 쥐었다.
까민챠 벨퓌레는 알고 있었다.
까민챠. 그는 알고 있었다.
까민챠의 단도가 허공을 가르며
중얼거렸다.

　산체스 벨퓌레
　산체스 벨퓌레
　안개 속에서 잠들지 말아라
　조용히, 피를 조용히 시켜라

시에라 모레나를 뒤덮는 모래바람.
뼈의 길.
뼈의 웃음.

교수대에 목매달린
산체스 벨퓌레의 눈은 응시하고 있다.
대가리 없는 말을 타고
안개 속으로 사라져가는 까민챠 벨퓌레의
뒷모습을.

산체스 벨퓌레.
가죽 끈이 삐걱대는 소리.

산체스 벨퓌레.
눈동자가 움직이는 소리.

산체스.

산체스 벨퓌레.

은하 철도

불빛 속에서 얼굴을 감싸고 있는 너의 손등이 드러난다 플
랫폼에는 수많은 사람들과 수많은 기차들이 달빛에 잠겨 있
다 나는 승강장에 서서 객차 난간에 기대어 있는 너를 올려
다본다 기차는 자정이 된다 여행객들의 가방이 자정이 된다
철로 저편에서 어두운 윤곽의 철도원이 푸른 깃발을 흔든다
당신에게서 기침 소리가 들려요 당신이 흩어지는 소리가 들
려요 얼굴을 파묻은 채 너의 목소리가 들려온다 서류 가방
을 든 난쟁이 신사가 너의 허리에 팔을 두른다 기차가 움직
이기 시작한다 너는 흐느낀다 잊으세요 당신의 고함 소리를
잊으세요 **레바드끼냐*, 레바드끼냐, 이 망할 년,** 난쟁이의 음
산한 목소리, 난쟁이는 너의 허리를 잡아 끌며 한 손으로는
객실 문을 벌컥 열어젖힌다 차가운 형광 불빛이 쏟아진다
너의 손이 난간을 부여잡는다 바람에 나부끼는 머리칼, 꿈
으로 뒤섞여가는 형체 없는 너의 얼굴이 드러난다 너의 얼
굴이 부서져내린다 너의 얼굴이 하얀 눈발이 되어 흩날린
다 **이 백치(白痴) 같은 년, 레바드끼냐! 레바드끼냐!** 멀어져가
는 너의 흐느낌 허공에 그어지는 어두운 눈보라의 긴 꼬리

* 도스토옙스키, 『악령』의 등장인물.

압둘 키리한

마을 사람들은 나의 아버지가 악마라는 사실을 알고 있었
지만 그것은 별다른 문제가 되지 않았다 아버지는 마을 사
내들과 어울려 술을 마셨고 함께 상어잡이 배를 타고 여러
날을 바다 위에서 보내곤 했다 물론, 아버지에겐 꼬리가 있
었다 평소에 그것은 그의 허리에 감긴 채 숨겨져 있었다 그
러나 항해에서 돌아오거나 폭풍우가 미친 듯이 몰아치는 밤
이면 뿌연 연기로 가득한 도박장 안에서 아버지는 몇 시간
이고 홀로 구석 자리에 앉아 있곤 했고 그럴 때면 검은 털로
뒤덮인 악몽처럼 무거운 그의 꼬리가 바닥에 길게 늘어뜨려
지는 것이었다 돈을 잃은 사내들은 아버지의 이름을 부르고
허공에 저주를 퍼부으며 더욱더 맹렬히 주사위를 던졌다 아
버지는 사내들과 어깨동무를 하고 노래를 부르거나 낄낄거
리며 술병으로 상대의 대가리를 내려쳤다 그도 아니면 눈을
가늘게 뜬 채 한쪽 구석에 앉아 말없이 담배를 피웠다 그리
고 나는 그의 곁에 앉아 있었다 잿빛 연기에 에워싸여, 아버
지의 가늘게 뜬 눈을 바라보면서

나는 압둘 키리한, 나는 악마의 자식이다 그러나 내겐 꼬
리가 없다 나의 어머니는 나를 낳은 이후로 줄곧 깊은 잠에
빠져 있다 지난 오랜 세월 동안 어머니의 눈꺼풀은 단 한 번
도 열리지 않았다 내실의 어둠 속에 앉아 나는 어머니의 무
겁고 고요한 숨소리를 듣는다 나는 태어난 이후로 단 한 번
도 잠이 든 적이 없다 나는 밤새도록 나의 어머니 곁에 앉아

그녀의 잠을 응시한다 폭풍우가 몰아치는 밤이다 지금쯤 아
버지는 상어잡이 배의 선실 바닥에 누워 있을 것이다 눈을
가늘게 뜬 채, 담배를 피우며, 배의 앞머리가 암흑의 내장
속으로 쑤셔 박히면서 내는 검은 소리를 들으며

　오늘처럼 폭풍우가 치는 밤이면 아버지가 배 안의 사내
들 몰래 어머니의 잠 속으로 들어간다는 사실을 나는 알고
있다 아버지는 자신의 꿈속에서 어머니의 잠 속으로 들어
가 그곳에서 마을 밖으로 통하는 밤나무 숲 동굴로 빠져나
온다 아버지는 자신의 뒤를 밟는 나의 존재를 오래전부터
알고 있었지만 그에 대해 아무런 말도 하지 않았다 어느 날
엔가 나는 그를 따라 동굴 속으로 걸어들어갔었다 그의 검
고 무거운 꼬리가 동굴 벽을 탁탁 치며 앞에서 멀어져가고
있었다

　동굴 속에는 무수히 많은 갈림길들이 나 있었다 나는 길을
잃었고 아버지의 조롱하는 듯한 노래하는 음성을 들었다 나
는 걸었다 내 앞으로 연기로 가득한 잿빛의 길이 한없이 이
어졌다 먼 곳에서 불빛이 보였다 집이었다 그것은 내가 사
는 집과 똑같은 모양의 집이었다 나는 익숙한 걸음으로 대
문을 열고 들어섰다
　"너는 또 잠을 안 잤구나" 마당의 어둠 속에서 한 여인이
한 손에 램프를 들고 서 있었다 나는 실내로 들어갔다 그녀

는 탁자 위에 램프를 내려놓았다

　"네 아버지는 이 불빛을 보고 돌아올 거다 나는 줄곧 기다려왔단다 그가 돌아와 내게 입맞춤해줄 날을"

　"아니요, 어머니 그는 돌아오지 않아요 그에겐 당신의 꿈의 통로가 필요할 뿐이에요"

　그녀는 잠시 말이 없었다

　"나는 오랜 세월 동안 이곳에서 기다려왔단다 그러는 동안 꿈 밖에선 네가 태어났지 아이야, 너는 네 아버지를 꼭 닮았구나"

　"그는 돌아오지 않아요 당신은 내 아버지를 본 적이 없어요 그에겐 이 밤의 정적이 필요할 뿐이죠"

　나는 램프 위로 똬리를 틀고 있는 뱀을 응시했다.

　"그가 원하는 것은 고요, 독액이 흘러나오는 송곳니의 고요 나는 이 황량한 공간 속에서 내 아버지의 어두운 발소리를 들어요 그는 달아나고 있죠"

　"너는 바다로 가거라 우리는 이곳을 벗어나지 못한단다 너는 잠을 자야 해 너는 그곳에서 거대한 바다를 볼 거야"

　그러면서 그녀는 내 손을 감고 있는 뱀의 아가리를 벌려 손으로 검은 독액을 받았다

　"나는 다른 곳으로 가겠어요 당신의 램프는 영원히 켜져 있고 그것이 나의 어머니를 슬프게 해요 나는 듣고 있어요, 내 어머니 곁에서 당신이 속삭이는 창백한 저주를"

　"이곳에선 영원한 밤이 계속된단다 그리고 나는 이 램프

를 켜두었지 네 아버지는 오늘같이 폭풍우가 부는 날이면 밤새도록 네 어머니의 꿈속을 헤맨단다 하지만 네 어머니의 꿈들은 너무 많은 갈림길들을 가지고 있지 그는 길을 잃었다 폭풍우로 요동치는 어두운 선실 바닥에 누워 그는 영원히 길을 잃었다"

나는 다른 길로 들어섰다 갈림길마다 내가 사는 집과 똑같이 생긴 집들이 있었고 마당의 어둠 속에 한 여인이 한 손에 램프를 들고 서 있었다 나는 계속 걸었다 '그러나 너는 돌아갈 수 없지' 내 손에 감겨 있던 뱀이 내게 속삭였다 '너는 돌아갈 수 없을 거다, 이 배은망덕한 녀석아' 먼 곳에서 불에 타고 있는 집이 보였다 그 뒤로 거대한 바다가 굽이치고 있었다

나는 불붙은 문을 열고 안으로 들어갔다 어머니가 희미한 불빛이 새어나오는 램프 앞에 앉아 있었다 "너는 또 잠을 안 잤구나 너는 바다로 가야 한다 어서 여기서 나가거라" 나는 그녀 뒤로 반쯤 열린 방문 틈으로 침대 위에 누워 있는 벌거벗은 사내의 모습을 보았다
"어서 가거라 폭도들이 들이닥친다 너는 잠을 자야 한다"
"하지만 나는 길을 잃었는걸요 나는 당신과 함께 이곳에 있겠어요 이곳은 내가 태어나 지금까지 살아온 집이에요 나는 이 침대에 눕겠어요" 나는 벌거벗은 사내 옆에 누우며 말했

다 그의 몸은 얼음처럼 차가웠다 뱀이 내 팔에서 빠져나와 그의 목을 감으며 속삭였다 '너는 돌아갈 수 없을 거다 나는 이제 너의 꿈의 입구를 닫겠다'

그것은 아버지의 목소리였다 사내의 눈이 나를 지켜보고 있었다 나는 이불을 머리끝까지 덮어썼다 집은 불타고 있었다 밖에서 문을 두드리는 소리가 났다 "어서 가거라 선원들이 나를 죽이러 오고 있다" 사내의 목소리가 어머니의 목소리로 변해가고 있었다 "이 집과 이 침대는 영원한 불길 속에 타오르리라 어서 가거라 너는 잠을 자야 한다 너는 거대한 바다로 가거라" '그러나 너는 돌아갈 수 없지' 뱀이 조롱하듯 속삭였다 뱀이 사내의 귓속으로 들어가고 있었다

"바다는 불타고 영원한 어둠이 속삭인다 폭도들이 문을 두드린다 어서 가거라 네 어머니의 집을 떠나라" 나는 그의 차가운 팔목이 내 몸에 닿는 것을 느꼈다 그의 팔목에는 길게 벌어진 상처가 나 있었다 그 상처 속으로 황량한 숲길이 펼쳐져 있었다 나는 그 안으로 걸어들어갔다 등 뒤에서 어머니가 나를 엿보고 있었다 어머니의 손에는 램프가 들려 있었다 나는 앞으로 나아갔다 멀리 새벽안개 사이로 낯익은 마을의 불빛들이 하나둘 나타나고 있었다

그날 이후로 나는 더이상 어머니의 잠 속으로 들어가지 않

는다 나는 악마의 자식, 그러나 내겐 꼬리가 없다 아버지는
오늘 밤에도 어머니의 잠 속으로 돌아올 것이다 바람의 송
곳니가 창문을 긁어대고 있다 오늘 낮에 나는 드디어 커다
란 바위로 그 동굴의 입구를 막는 데 성공했다 나는 곧 이곳
을 떠나 먼 고장으로 갈 것이다 나는 지금 작별 인사를 하기
위해 나의 아버지가 돌아오기를 기다리고 있다 한 손엔 램
프를 들고 다른 한 손엔 이렇게, 칼을 들고서 말이다

목소리

길 끝까지 뻗어 있는 바람의 리듬을 기억하세요
경쾌하게 무겁게 고통은
당신의 눈을 두드려댑니다
그런데 당신은 존재하지 않습니다
아까부터 당신은 그걸 느꼈지요
가로수들은 스스럼없이 새로 틔운
망각의 잎사귀를 흔듭니다
세상은 초현실적인
문장처럼 눈부시고 어둡습니다
지구가 회전하듯이
온 세상의 그림자들이
고요히 회전하고 있죠
그렇지만 당신
우리는 무엇이 우리의 그림자를 먹어치우며
눈물과 피와
침묵을 그토록 편석(片石) 위에 고정시키는지 알지 못합
니다
당신은 아직도
물고기처럼 신선한 내면의 움직임을
느끼지요 고통으로 일그러진
눈동자 뒤편에서
꿈틀거리는 비명을
그 푸른 실을 하나하나

잘라내면서

기차가 지나가고
햇빛이 퍼지고
당신의 마음이 깊이 파일 때
어둡게 밝게 울리는
고통의 박동을 기억하세요
길 끝까지 뻗어 있는
바람의 리듬을 기억하세요
나의 목소리를 기억하세요
당신의 허공 위로 퍼지는
이 푸른 균열의 언어를
기억하세요

샤갈

당신은 천천히 내게로 걸어왔습니다
당신은 푸른빛의 당나귀 탈을 쓰고 있었고
한 손엔 커다란 가방을 들고 있었습니다

당신은 말이 없었습니다
당신은 그림자가 없었습니다
당신은 쓰고 있던 당나귀 탈을 벗어
내 얼굴에 씌워주었습니다

나는 갑자기 서러워져 눈물이 흘렀습니다
당신은 미소 짓고 있었습니다
당신은 허리를 굽혀 가방을 열었습니다

가방에서 하얀 속삭임이 터져나왔습니다
둥글고 하얀 밤이 펼쳐졌습니다

나는 믿을 수가 없었습니다
당신은 고개를 끄덕였습니다
당신은 내 손을 잡고
기차에 올랐습니다

겨울 산

진눈깨비 내리는 새벽 눈을 뒤집어쓴 산이 낄낄거리며 걸
어다닌다 백수광부(白首狂夫)처럼, 깡마른 도깨비처럼
나는 식은 커피를 들고 창 앞에 서서 휘도는 눈보라를 응
시한다 순간 산의 새하얗게 충혈된 커다란 눈이 창을 가득
채우며 나를 들여다본다

—또 너로군

산의 얼음장 같은 입김이 창문에 부딪는다

—난 네 시가 마음에 안 들어
나를 보면 안 돼 세상을 봐

창틈으로 바람의 거친 헐떡임이 새어든다 나는 내 꿈이
빚어낸 것일 산의 외롭고 쓸쓸한 목소리가 방 안에 메아리
치는 걸 본다

—하지만 나는 언제나 너에 대해 쓰고 싶었어

산의 눈은 말없이 웃고 있었다 산은 입을 벌려 눈을 받아
먹었다 산의 옆구리에 매달린 헐벗은 잡목숲 위로 새벽을
뚫고 파고드는 첫 햇살이 비친다

—난 네 시가 마음에 들지 않아

내 말을 기억해 이 꿈이 마지막이란 걸 나는 다시는 네 꿈에 나타나지 않을 거야

산은 내게 등을 보인 채 걸어가기 시작한다 나는 창 앞에 서서 산이 품고 있는 메마른 나무들의 길이 눈보라에 뒤덮여 점점 새하얗게 지워지는 모습을 본다 산의 웃음소리가 멀어져간다

나는 식은 커피를 삼킨다 실내는 어두운 추위로 가득하다 나는 탁자 위의 시계를 바라보며 잠에서 깨어날 순간을 기다린다

자네는, 나는, 우리는 여전히 백치이고 백치일 테니

김 안(시인)

자네가 건네준 두툼한 시집 원고를 읽는 동안 파스칼 키냐르의 책 몇 권을 함께 읽고 있었네. 그중 한 구절, 자네를, 자네의 시를 떠올리며 자꾸 곱씹게 되네. "그는 꿈속에서 이곳에 있다."(파스칼 키냐르, 『옛날에 대하여』) 이 짤막한 문장을 한 귀퉁이에 적어놓고선 자네와 자네의 시를 생각하네. 자네가 늘 이야기하던 헛것의 아름다움과 헛되어 아름다운 꿈에 홀린 백수광부, 아니 백수광부이고 백치이기에 느낄 수 있는 꿈과 대기들을 생각하네.

*

다시 자네의 시집 원고를 보네. 그 첫 장 백지 위에 굵은 글씨로 새겨져 있는 시집의 제목 '백치는 대기를 느낀다'. 이 아름다운 문장은 종이의 백(白)의 여백이 곧 대기라고 말하는 것만 같네. 자네의 시, 혹은 자네와의 인연, 혹은 자네의 첫 시집에 대한 설렘을 말하기 전에, 나는 먼저 이 아름답고 신비로운 제목에 대하여 말해야겠다고 생각했네.

백치. 나는 먼저 이 단어를 한참 들여다봐야 했네. 우습게도 어쩐지 자네에게 무척이나 어울리는 단어인 백치. 백치, 나는 이 '백치'라는 단어의 뜻을 완전한 고독을 이루어낸 자, 너무나도 완전한 고독이기에 자기 자신조차도 소멸된 자라고 생각하네. 그리고 온종일 벤치에 앉아 특유의 표정으로 담배를 피우고 있을 자네를 자연스레 떠올리네. 이 이미지에선 무엇보다 담배가 중요하네. 대기 속으로 빨려 사라지는 희디흰 담배연기. 어쩌면 이 이미지 속의 자네는, 자네라는 백치는 담배를 피우는 것이 아니라 (담배연기의) 사라짐을 피우는 것이기에.

사내는 성냥을 긋는다 성냥 위로 섬광이 일어선다 「희디 희다」 그녀가 속삭인다 「그래」 사내가 대답한다 「희디희 다」 그녀가 다시 말한다 「서리의 길, 춤춘다」 「그래」 사내 가 대답한다 「백치는 대기를 느낀다」 사내는 방 안의 어둠 속으로 풀어지는 담배연기를 바라본다 「희디희다」
    —「백치는 대기를 느낀다」 부분

대기 속으로 빨려 사라져가는 담배연기, 자네는 그것이 춤추는 "서리의 길"이라고 말하고 있네. 이 춤은 "일정한 법도와 절차"(「정어리」)가 부여된 것이고, 동시에 이로부 터 자유로운 것이네. 그것은 알 수 없는 이들의 흔적들이 겹 겹이 쌓여 이루어진 내밀한 길들의 법도와 절차에 가깝지. 자신을 어느 곳으로 이끄는지 알 수 없는 길들에 대한 은 유, 그것이 바로 '춤추는 서리의 길'이라고 나는 읽네. 그리 고 자네는 이 길을 구조화하고 만드는 자가 아니라 '느끼는' 자에 가깝다고 생각하네. 그렇기 때문에 자네는 "길 끝까지 뻗어 있는 바람의 리듬을 기억하세요/ 경쾌하게 무겁게 고 통은/ 당신의 눈을 두드려댑니다/ 그런데 당신은 존재하지

않습니다/ 아까부터 당신은 그걸 느꼈지요"(「목소리」)라고
말할 수 있는 것 아닐까. 이 길의 끝을 느끼고 거기에 부여
되어 있는 '바람의 리듬'을 기억하는 자. 길에서 풍겨져나오
는 "아득한 얼음 냄새"(「벽장 속의 연서」)를 느끼는 자. 이
것이 바로 내게 각인되어 있는 자네의 이미지네.

*

  자네에 대한 이 이미지들은 자네를 처음 만난 순간부터 형
성되었네. 문학 관련 모 인터넷 카페의 정모 장소였던 성균
관대학교 근처 술집. 기억이 정확하다면 1999년. 처음 만나
는 많은 사람들. 음악과 담배와 술과 술. 지금 생각해보면
낯 뜨거운 시에 대한 많은 사견들. 쏟아지는 말들 사이에서
한없이 걸어가듯 한없이 앉아 있던 사람. 조금은 날카로워
보이기도 하고, 조금은 천진하기도 하고, 대기 속으로 펄럭
이고 있는, 다른 이들은 미처 보지 못하는 무엇인가를 보고
있는 사람. 1999년, 나는 보았네. 자코메티의 사내들처럼 삐
쩍 마른 사내. '깊게 패어 있고 웅웅거리고 있으며 키리한적
인' 눈을 가늘게 뜨고서 천천히 그리고 깊숙이 담배를 피우
던 사내. 그 이후 그네들과 함께 술 마시고 여행하고 사랑하
고 싸우던 자네와 나의 이십대 중반의 나날들. 그리고 무엇
보다 그 시절부터 보아온 자네의 시들. 내 꿈은 그저 열렬히
시를 읽는 독자로 늙는 것이라고 종종 이야기하곤 했던 내

게 시를 쓰도록 늘 자극시켜준 그 시들.

*

　느끼는 것. 그것은 보고 듣고 맡고 만지는 모든 행위를 통해서 가능한 것. 나는 자네의 '느끼다' 중 유독 '듣는 것들'에 눈길이 가네. "당신의 침묵을 듣습니다" "이마가 마르는 소리를 들으며"(「벽장 속의 연서」), "눈동자에 어리는 귀신의 속삭임을 듣는다"(「목욕탕 굴뚝 위로 내리는 눈」), "나는 할머니의 죽음이 일으키는 소리를 듣고 있었다 무언가가 뒷걸음치는 소리, 무언가 하얀……"(「상트페테르부르크의 여름」), "그녀는 꿈속에서 그의 목소리를 듣고 있다"(「백치는 대기를 느낀다」), "아이는 땅에 얼굴을 묻은 채 저편으로 환하게 옮아가는 바람의 소리를 듣는다"(「허클베리 핀」), "나는 당신의 운명이 바뀌는 소리를 듣지"(「낮달」). 자네의 시집 원고를 읽으며 나는 자네의 시가 내고 있는 알 수 없는 존재들의 웅웅거림을 들었네. 그래서인지 자네의 시집 원고를 읽고 나면 어떤 알 수 없는 꿈에 시달렸지. 자네가 들려주는 이 소리들은 실제로는 들리지 않는 것들, 언어라는 외피를 통해 표현되고 있지만, 실상 언어라는 외피로부터 자유로운 것들, 존재한다는 사실 자체가 내는 굉음들이네. 자네는 아래의 시에서 그 소리들이 고통의 소리라고 이야기하고 있지.

내 앞에는 책상이 있고, 백지가 있고, 그 위로 흘러가는
겨울 가지들의 무수한 검은 선들. 눈 뜨지 않아도, 귀 기울
이지 않아도, 나는 내게 쓰도록 명령하는 집중된 허공을,
어둠 속에서 움직이는 내 손의 움직임을 듣고 있네. 자네
는 듣고 있나? 들어보게. 밤, 어둠, 고독한 불빛들. 철로
를 깨무는 추위, 안개 속으로 사라져가는 철교의 속삭임.
얼굴을 쓸어내리면 두 손에 묻어나는 메마른 불빛. 기차
를 따라 항진하는 고통의 소리. 어둠 속에 펼쳐진 내 손가
락, 내 가방. 끝없이 이어지는 터널의 어두운 비명을 들으
며 나는 자네를 생각하네. 사무실의 뿌연 조명 아래서 서
류를 검토하고 있을 자네와 나를 생각하네. J양을 훔쳐보
는 우리의 어두운 욕망을 생각하네…… 자네는 듣고 있
나? 들어보게. 소멸하는 열차들의 침묵을. 여관방에서 뒤
척이는 불면의 밤을. 자네의 눈꺼풀 뒤로 열리는, 영원한
철도의 밤을……
　　—「철도의 밤」 부분

이 소리는 고통의 소리. 이 고통은 존재의 끝자락에서 들
려오는 모든 존재들의 소리. 그 끝자락에서 온몸의 세포들
이 열리고 그 세포들이 자신을 에워싼 모든 사물과 풍경을
향해 육박해나아가는 소리네. 그리고 이 소리를 '느끼기' 위
해 자네는 보다 많이 존재해야만 하고, 온몸으로 깨어 있어

야 했겠지. 영원히 눈감은 자의 깨어남. 꿈꾸는 자가 보여주는 그 깨어남의 찰나들. 그렇게 자네는 '꿈속에서 이곳에 있네'.

그리고 그 꿈속에서 존재하는 자네의 한 형태.

어느 가을밤 나는 술집 화장실에서 원숭이를 토했다 차디찬 두 개의 손이 내 안에서 내 입을 벌렸고 그것은 곧 타일 바닥에 무거운 소리를 내며 떨어져내렸다 그것은 형광등 불빛을 받아 검게 번들거렸고 세면대 아래 배수관 기둥을 붙잡더니 거울이 부착된 벽면 위로 재빠르게 기어올라갔다 나는 술 깬 눈으로 온몸이 짧은 잿빛 털로 뒤덮이고 피처럼 붉은 눈을 가진 그 작은 짐승의 겁먹은 표정을 바라보았다 나는 외투 속에 원숭이를 품었다 그것은 꼬리를 감고 외투 속주머니 안에 얼굴을 파묻은 채 가늘게 몸을 떨었다
　　―「가을밤」 부분

'가을밤'이라는 김소월이나 청록파의 시 같은 제목의 이시. '내'가 토해낸 이 붉고 작고 힘없는 원숭이는 "억압된 무의식의 외화된 형체"(같은 시)가 아니라 '내가 부인하고, 저주하고, 때리고, 목 졸랐으나' 여전히 살아 있는, 나보다도 더 오래 살아 있을 존재의 잔상이네. 끔찍하면서도 안쓰러운 이 장면에서 나는 자네의 우주 안에서 쏟아진 원숭이의

우주, 그리고 연약한 이 두 우주의 뒤섞임의 소리를 듣네. "죽고 싶어"라고 반복하는 이 원숭이라는 우주. 죽음. 자네 시속의 꿈들은 꿈 안과 꿈 바깥이 늘 서로의 경계를 무너뜨리고 몸을 뒤섞는데, 그 경계가 무너지는 순간들에는 죽음과 병의 흔적이 묻어 있더군. 그리고 경계가 무너지고 뒤섞이는 순간들 속에서 어떤 소리가 들려오지. 그것은 마치 "안나— 안나— 안나— 할머니의 영혼이 속삭이는 소리"(「상트페테르부르크의 여름」)와 같은 것. 그것은 꿈속 나의 운명이 내는 "존재의 굉음"으로 인해 꿈 밖 나의 운명이 뒤바뀌는 소리. 이 어둡고 서늘한 소리는 귀로 들리는 것이 아니라 "내 열린 가슴속을 드나"(「여우계단」)드는 것이네. 이 소리들이 내 온몸을 드나들고, 내가 이 소리들을 느끼는 순간, 자네의 시를 구조화하려는 모든 비평적 시도들은 우스워지지. 시를 통해 꿈과 꿈 바깥이 뫼비우스의 띠처럼 이어진 구조를 만들어내지만, 자네의 시에 있어 중요한 것은 이 구조가 아니라 소리, 존재들의 굉음이지 않을까?

*

얼마 전 술자리, 자네와 술을 마시며 이 발문 쓰기의 어려움을 말하며, 그럼에도 고마워하며 미안해하며, 이런저런 이야기를 나누었지. 이야기는 자연스레 시에 대한 것으로 옮아가고, 자네는 누구의 시든 간에 시에 대해 이야기할 때면 볼 수 있는 특유의 표정으로 말했지. 그렇게 자네와 마주 앉아 시에 대해 이야기하기 시작하면 시간은 훌쩍 자정을 넘기기 일쑤. 네 시간이고, 다섯 시간이고 쉼 없이 이어지던 합평회 시절들처럼 말이네. 시 속에서만 존재하는 자처럼, 시를 이야기할 때의 자네는 그 어느 때보다 완벽하게 깨어 있지. 시에 대하여 자네가 하는 말들은, 자네가 시 속에서 만들어내는 문장들처럼 비문도 오자도 없이 완벽하지. 예전부터 자네의 그 말들은 내겐 그 무엇보다 훌륭한 시론이었네. 결벽적일 만큼 완벽한 산문적 문장을 구사하는 자네 시의 문장들이 어떻게 말이라는 외피를 벗은 존재들의 굉음으로 변하는지 늘 놀라울 뿐이네. 그리고 떠오른 아주 기초적인 의문 하나. 왜 자네는 결벽적일 만큼 완벽한 산문적 문장을 쓰고 있을까?

*

눈을 뜨면 꿈이 시작된다
눈을 감으면 유령이 시작된다

(중략)

달빛이 날 닮은 시체를 비춘다
—「골렘」부분

나는 생각하네. 자네가 여행을 좋아하고 종종 헤맴을 자처하는 것은 낯선 곳에서 눈을 감고 그 장소에 깃들어 있는 망자들의 사념을 보기 위한 것이 아닐까, 라고. 그것들의 속삭임, 단속적으로 끊기며 들려오는 그것들의 말들을 옮겨 적기 위한 것은 아닐까, 라고. 온 존재를 다하여 그것에 귀를 기울일 때, 그 망자들은 자네와 꼭 닮은 모습이 되어 "달빛이 날 닮은 시체를 비"추는 것을 보며, "눈을 뜨면 꿈이 시작"되고 "눈을 감으면 유령이 시작"(같은 시)되는 입신(入神)의 지점에 다다르는 것은 아닐까, 라고. 그리고 자네가 시라는 장르가 가지고 있던 말의 압축성을 파기하고, 소설적인 문체와 장문의 문장을 쓰는 이유는 바로 그것들의 단속적인 말과 기억을 완벽하게 되살리기 위해서가 아닐까, 라고. 자네라는 '시인'은 사람의 말로 "일정한 법도와 절차"를 부여할 뿐이고, 사람의 말을 입은 망자들의 말이 자네의 시 속을 배회하고 있는 것은 아닐까, 라고. 때문에 자네의 시는 자네가 쓰는 것이 아니라 그 망자들의 사념이, 귀신이 쓰는 것이 아닐까, 라고. 자네의 시를 읽을 때 간혹 느끼는 섬뜩한 느낌은 이 때문은 아닐까, 라고. '내가 부인하고, 저주하고, 때리고, 목 졸랐으나' 여전히 살아 있는, 나보다도 더 오래 살아 있을 「가을밤」의 원숭이는 바로 이것이 아닐까, 라고. 자네 안에, 그리고 우리 안에 들어와 있는 귀신들. 바로 지금도 나를, 자네를, 우리를 드나들고 있는 귀신들, 그것들이 우리

114

의 가슴에 묻어놓은 사념. 자네가 만들어낸 문장들의 몸은, 문장들의 몸이 만들고 있는 펄럭이는 꿈의 살은 곧 사념의 거처라고. 그리하여 이 시집 자체가 현실 세계가 가리고 있는 사념의 거처라고. 그리고 그 아름다운 예.

어느 날 나는 염소가 되어 철둑길 차단기 기둥에 매여 있었고, 아무리 생각해봐도 나는 염소가 될 이유가 없었으므로, 염소가 된 꿈을 꾸고 있을 뿐이라 생각했으나, 한없이 고요한 내 발굽, 내 작은 뿔, 저물어가는 여름 하늘 아래, 내 검은 다리, 내 검은 눈, 나의 생각은 아무래도 염소적인 것이어서, 엄마, 쓸쓸한 내 목소리, 내 그림자, 하지만 내 작은 발굽 아래 풀이 돋아나 있고, 풀은 부드럽고, 풀은 따스하고, 풀은 바람에 흔들리고, 나의 염소다운 주둥이는 더 깊은 풀의 길로, 풀의 초록, 풀의 고요, 풀의 어둠, 풀잎 매달린 귀를 간질이며 기차가 지나고, 풀의 웃음, 풀의 속삭임, 벌레들의 푸른 눈, 하늘을 채우는 예배당의 종소리, 사람들 걸어가는 소리, 엄마가 날 부르는 소리, 어두워져가는 풀, 어두워져가는 하늘, 나는 풀 속에 주둥이를 박은 채, 아무래도 염소적일 수밖에 없는 그리움으로, 어릴 적 우리 집이 있는 철길 건너편, 하나둘 켜지는 불빛들을 바라보았다
　—「차단기 기둥 곁에서」전문

염소가 묶여 있는 차단기 기둥과 염소를 둘러싼 풀과 기차와 벌레들과 예배당과 사람들과 나를 부르는 엄마의 소리. 단속적으로 끊기는 염소의 말과 염소의 생각들과 기억들. 자네라는 존재가 염소라는 존재와 교차되는 이 찰나의 순간. 그 순간의 펄럭임이 바로 자네에겐 시라고 나는 생각하네. 그리고 자네의 시를 읽으며 그 교차의 순간을 목격할 때, 나는 염소와 자네가 비로소 동격이 되는 것을, 그리고 그 동격 속으로 빨려들어가는 나를 느끼네. 자네는 그 순간이 주는 경이를 기억하는 자. 그리고 그 단발적인 경이의 순간이 자네의 열린 가슴속에서 증발되지 못하도록 문장이라는 외피를 겹겹이 씌우는 작업, 그것이 자네에겐 시일 것이라고 조심스레 생각하네. 그리고 자네의 시를 읽는 이들이 그 문장의 외피를 한 꺼풀씩 한 꺼풀씩 벗겨나가 그 순간을 맞이했을 때, 이 모두와 함께 "염소적일 수밖에 없는 그리움으로, 어릴 적 우리 집이 있는 철길 건너편, 하나둘 켜지는 불빛들을 바라보"는 것이 아닐까.

*

'백치는 대기를 느낀다'.

다시 자네가 준 원고의 첫 장이네. 나는 화창한 봄 햇살이 비치는 카페에 앉아 무언가 바쁘게 이야기를 나누는 사람들을 한참 멍하니 쳐다보고 있네. 그리고 그들의 뒤편으로 펼쳐진 허공을 응시하네. 실은 그 허공이 나를 응시하고 있는 것이라고, 휘적휘적 그 허공 속으로 구부정하게 걸어가는 것은 나의 의지가 아니라 허공의 의지라고 생각하네. 그리고 눈을 감으니 내 옆에, 혹 내 속에 앉아 있는 어떤 존재를 느끼네. 자네의 첫 시집에 붙이는 이 볼품없는 글은 내가 아니라 그 존재가 쓴 것이기를 바라네. 그것이 자네의 시에 더욱 가까이 다가가는 것이라고 생각하기에. 그리고 "하지만 나는 언제나 너에 대해 쓰고 싶었어"라는 자네의 고백을 생각하네. "나는 탁자 위의 시계를 바라보며 잠에서 깨어날 순간을 기다린다"(「겨울 산」)라고 자네가 이 시집의 마지막에서 말했을 때, 그것이 다음 시 작업들의 변화에 대한 복선이라고는 생각지 않네. 어쩌면 자네는, 나는, 그리고 우리는 평생 그 잠에서 깨어나지 않을 수도 있을 테니. 깨어나도 여전히 겨울 산속일 테니. 자네는 여전히 꿈속에서 이곳에 있을 테니. 그래서 자네는, 나는, 우리는 여전히 백치이고, 그래서 시라는 몸짓을 계속할 테니.

서대경 1976년 서울에서 태어났다. 한양대학교 영어영
문학과를 졸업했다. 2004년『시와세계』를 통해 등단했다.
김준성문학상을 수상했다.

문학동네시인선 024
백치는 대기를 느낀다
ⓒ 서대경 2012

1판 1쇄 2012년 7월 31일
1판 9쇄 2024년 2월 8일

지은이 | 서대경
책임편집 | 김필균
편집 | 김민정 강윤정 김형균
디자인 | 수류산방(樹流山房)
본문 디자인 | 유현아
마케팅 | 정민호 서지화 한민아 이민경 안남영 왕지경 황승현 김혜원 김하연
　　　　김예진
브랜딩 | 함유지 함근아 고보미 박민재 김희숙 박다솔 조다현 정승민 배진성
제작 | 강신은 김동욱 이순호
제작처 | 영신사

펴낸곳 | (주)문학동네
펴낸이 | 김소영
출판등록 | 1993년 10월 22일 제406-2003-000045호
주소 | 10881 경기도 파주시 회동길 210
전자우편 | editor@munhak.com
대표전화 | 031) 955-8888　팩스 | 031) 955-8855
문의전화 | 031) 955-3576(마케팅), 031) 955-2678(편집)
문학동네카페 | http://cafe.naver.com/mhdn
인스타그램 | @munhakdongne　트위터 | @munhakdongne
북클럽문학동네 | http://bookclubmunhak.com

ISBN 978-89-546-1864-9 03810

www.munhak.com

문학동네